AF460448

PAUL SOUDAY

MARCEL PROUST

Cinquième édition

« LES DOCUMENTAIRES »
SIMON KRA, 6, RUE BLANCHE, PARIS

IL A ÉTÉ TIRÉ DE CET OUVRAGE

15 exemplaires sur Hollande, numérotés de 1 à 15.
30 exemplaires sur Pur fil, numérotés de 16 à 45.
300 exemplaires sur Vélin, numérotés de 46 à 345.
Le tout constituant l'édition originale.

Il a été tiré spécialement pour
M. Ronald Davis
6 exemplaires sur Japon impérial, numérotés de I à VI.

St Jean d'Angély.
Avril 1933

[illegible]

MARCEL PROUST

I

DU CÔTÉ DE CHEZ SWANN [1]

10 *décembre* 1913.

M. Marcel Proust, bien connu des admirateurs de Ruskin pour ses remarquables traductions de la *Bible d'Amiens* et de *Sésame et les Lys*, nous donne le premier volume d'un grand ouvrage original : *A la recherche du temps perdu*, qui en comprendra trois au moins, puisque deux autres sont annoncés et doivent paraître l'an prochain. Le premier comporte déjà cinq cent vingt pages de texte serré. Quel est donc ce vaste et grave sujet qui entraîne de pareils développements ? M. Marcel Proust embrasse-t-il dans son grand ouvrage l'histoire de l'humanité ou du moins celle d'un siècle ? Non point. Il nous conte ses souvenirs d'enfance. Son enfance a donc été remplie par une foule d'événements extraordinaires ? En aucune façon : il ne lui est rien arrivé de parti-

1. *A la recherche du temps perdu* : *Du côté de chez Swann*, 1 vol. Bernard Grasset.

culier. Des promenades de vacances, des jeux aux Champs-Élysées constituent le fond du récit. On dit que peu importe la matière et que tout l'intérêt d'un livre réside dans l'art de l'écrivain. C'est entendu. Cependant on se demande combien M. Marcel Proust entasserait d'in-folios et remplirait de bibliothèques s'il venait à raconter toute sa vie.

D'autre part, ce volume si long ne se lit point aisément. Il est non seulement compacte, mais souvent obscur. Cette obscurité, à vrai dire, tient moins à la profondeur de la pensée qu'à l'embarras de l'élocution. M. Marcel Proust use d'une écriture surchargée à plaisir, et certaines de ses périodes, incroyablement encombrées d'incidentes, rappellent la célèbre phrase du chapeau, dans laquelle M. Patin, en son vivant secrétaire perpétuel de l'Académie française, se surpassa pour la joie de plusieurs générations d'écoliers. M. Marcel Proust dira : « Ce doit être délicieux, soupira mon grand-père dans l'esprit de qui la nature avait malheureusement aussi complètement omis d'inclure la possibilité de s'intéresser passionnément aux coopératives suédoises ou à la composition des rôles de Maubant, qu'elle avait oublié de fournir celui des sœurs de ma grand-mère du petit grain de sel qu'il faut ajouter soi-même, pour y trouver quelque saveur, à un récit sur la vie intime de Molé ou du comte de Paris. » Ou encore :

« J'allais m'asseoir près de la pompe et de son auge, souvent ornée, comme un font gothique, d'une salamandre, qui sculptait sur la pierre fruste le relief mobile de son corps allégorique et fuselé, sur le banc sans dossier ombragé d'un lilas, dans ce petit coin du jardin qui s'ouvrait par une porte de service sur la rue du Saint-Esprit et de la terre peu soignée de laquelle (?) s'élevait par deux degrés, en saillie de la maison et comme une construction indépendante, l'arrière-cuisine. » J'ai choisi ces exemples parmi les plus courts.

Ajoutez que les incorrections pullulent, que les participes de M. Proust ont, comme disait un personnage de Labiche, un fichu caractère, en d'autres termes qu'ils s'accordent mal ; que ses subjonctifs ne sont pas plus conciliants ni plus disciplinés, et ne savent même pas se défendre contre les audacieux empiétements de l'indicatif. Exemple : ... « Certains phénomènes de la nature se produisent assez lentement pour que... la sensation même du changement nous est *(sic)* épargnée. » Ou encore : « ... Quoiqu'elle ne lui eût pas caché sa surprise qu'il habitait *(sic)* ce quartier... »[1] Le pauvre subjonctif est une

1. Évidemment, un écrivain aussi cultivé que Marcel Proust ne peut ignorer à ce point la grammaire, et ces grossiers solécismes sont, sans aucun doute, des fautes d'impression. Mais pourquoi M. Proust ne corrige-t-il pas ou ne fait-il pas corriger ses épreuves ?

des principales victimes de la crise du français ; nombre d'auteurs, même réputés, n'en connaissent plus le maniement ; des poètes joués dans les théâtres subventionnés et des critiques en exercice confondent *fusse* avec *fus*, *eusse* avec *eus*, *bornât* avec *borna*, et récemment, un de nos distingués confrères citait, pour s'en moquer comme d'un monument de cacographie, cette phrase du président du conseil, M. Doumergue, laquelle est irréprochable : « Je ne crois pas que l'honorable M. Barthou s'attendît à être renversé. » On ne se figure pas, à moins de les lire d'un bout à l'autre et avec attention, combien sont mal écrits la plupart des ouvrages nouveaux. Visiblement, les jeunes ne savent plus du tout le français. La langue se décompose, se mue en un patois informe et glisse à la barbarie. Il serait temps de réagir. On souriait naguère des efforts d'un directeur de revue qui relevait sur épreuves tous les solécismes de ses collaborateurs. Ce n'était point, paraît-il, une sinécure. On commence à regretter ce courageux grammairien. Et l'on souhaiterait que chaque maison d'édition s'attachât comme correcteur quelque vieil universitaire ferré sur la syntaxe.

Cependant M. Marcel Proust a, sans aucun doute, beaucoup de talent. C'est précisément pourquoi l'on déplorera qu'il gâte de si beaux dons par tant d'erreurs. Il a une imagination luxuriante, une sensibilité très fine, l'amour des paysages et des arts, un sens aiguisé de l'observation réaliste et volontiers caricaturale. Il y a, dans ses copieuses narrations, du Ruskin et du Dickens. Il est souvent embarrassé par un excès de richesse. Cette surabondance de menus faits, cette insistance à en proposer des explications, se rencontrent fréquemment dans les romans anglais, où la sensation de la vie est produite par une sorte de cohabitation assidue avec les personnages. Français et Latins, nous préférons un procédé plus synthétique. Il nous semble que le gros volume de M. Marcel Proust n'est pas composé, et qu'il est aussi démesuré que chaotique, mais qu'il renferme des éléments précieux dont l'auteur aurait pu former un petit livre exquis.

Un enfant prodigieusement sensible a pour sa mère une adoration presque maladive. La solitude l'épouvante, et pour qu'il puisse au moins s'endormir, il faut que cette mère vienne l'embrasser dans son lit. Si elle ne peut ou ne veut venir, pour ne pas s'éloigner de ses invités, par exemple, c'est un vrai drame, presque une agonie. « Une fois dans ma chambre, il fallut boucher toutes les issues, fermer les volets, creuser mon propre tombeau, en défaisant mes couvertures, revêtir le suaire de ma chemise de nuit... » Mais cette curieuse nature d'enfant n'est étudiée que dans quelques pages assez pathétiques. Il ne sera presque plus question par la suite de ces terreurs nocturnes ni de cette tendresse filiale impérieuse et éperdue. D'autres souvenirs se pressent en foule, évoqués par la saveur d'une tasse de thé et d' « un de ces gâteaux courts et dodus appelés petites madeleines, qui semblent avoir été moulés dans la valve rainurée d'une coquille de Saint-Jacques ». Ce goût était celui du petit morceau de madeleine que le dimanche, à Combray, la tante Léonie offrait au petit garçon, voilà bien des années.

La vue de la petite madeleine ne m'avait rien rappelé avant que je n'y eusse goûté... Les formes — et celle aussi du petit coquillage de pâtisserie, si grassement sensuel, sous son plissage sévère et dévot — s'étaient abolies ou, ensommeillées, avaient perdu la force d'expansion qui leur eût permis de rejoindre la conscience. Mais quand d'un passé ancien rien ne subsiste, après la mort des êtres, après la destruction des choses, seules, plus frêles, mais plus vivaces, plus immatérielles, plus persistantes, plus fidèles, l'odeur et la saveur restent encore longtemps, comme des âmes, à se rappeler, à attendre, à espérer, sur la ruine de tout le reste, à porter sans fléchir, sur leur gouttelette presque impalpable, l'édifice immense du souvenir... Et comme dans ce jeu où les Japonais s'amusent à tremper dans un bol de porcelaine rempli d'eau de petits morceaux de papier jusque-là indistincts qui, à peine y sont-ils plongés, s'étirent, se contournent, se colorent, se différencient, deviennent des fleurs, des maisons, des personnages consistants et reconnaissables, de même maintenant toutes les fleurs de notre jardin et celles du parc de M. Swann, et les nymphéas de la Vivonne, et les bonnes gens du village et leurs petits logis, et l'église et tout Combray et ses environs, tout cela qui prend force et solidité est sorti, ville et jardins, de ma tasse de thé.

Ce n'est pas un cas d'association d'idées, ni même d'images, mais d'impressions purement sensorielles. Et M. Marcel Proust, comme tant d'autres écrivains contemporains, est avant tout un impressionniste. Mais il se distingue de beaucoup d'autres en ce qu'il n'est pas uniquement ni même principalement un visuel : c'est un nerveux, un sensuel et un rêveur. Sa tendance méditative lui joue parfois de mauvais tours. Il s'attarde en songeries infinies sur le caractère et sur la destinée d'êtres fort insignifiants, une vieille tante maniaque, férue de pepsine et d'eau de Vichy, une vieille bonne machiavélique et dévouée, un vieux curé ennemi des vitraux anciens et dépourvu de tout sentiment artistique. Quelques lignes auraient suffi pour croquer ces silhouettes. Certains épisodes troubles n'ont pas l'excuse d'être nécessaires. Que de coupes sombres M. Proust aurait pu avantageusement pratiquer dans ses cinq cents pages ! Mais il y a de bien jolies descriptions qui ne se bornent presque jamais au rendu matériel et que magnifie le plus souvent une inspiration d'esthète ou de poète.

La haie (d'aubépines) formait comme une suite de chapelles qui disparaissaient sous la jonchée de leurs fleurs amoncelées en reposoir ; au-dessous d'elles, le soleil posait à terre un quadrillage de clarté, comme s'il venait de traverser une verrière ; leur parfum s'étendait aussi onctueux, aussi délimité en sa forme que si j'eusse été devant l'autel de la Vierge, et les fleurs, aussi parées, tenaient chacune d'un air distrait son étincelant bouquet d'étamines, fines et rayonnantes nervures de style flamboyant comme celles qui à l'église ajouraient la rampe du jubé ou les meneaux du vitrail et qui s'épanouissaient en blanche chair de fleur de fraisier.

Et cela est éminemment ruskinien. On aimera aussi les surprises et les émotions de l'enfant lorsqu'il voit pour la première fois en chair et en os la duchesse de Guermantes, dont la famille descend de Geneviève de Brabant, et qu'il s'était représentée jusque-là « avec les couleurs d'une tapisserie ou d'un vitrail, dans un autre siècle, d'une autre matière que les personnes vivantes... » Et voici l'explication du titre particulier à ce premier volume :

Il y avait autour de Combray (la petite ville où l'enfant et ses parents passent les vacances) deux côtés pour les promenades, et si opposés qu'on ne sortait pas en effet de chez nous par la même porte, quand on voulait aller d'un côté ou de l'autre : le côté de Méséglise-la-Vineuse, qu'on appelait aussi le côté de chez Swann parce qu'on passait devant la propriété de M. Swann pour aller par là, et le côté de Guermantes... Le côté de Méséglise, avec ses lilas, ses aubépines, ses bluets, ses coquelicots, ses pommiers, le côté de Guermantes avec sa rivière à têtards, ses nymphéas et ses boutons d'or, ont constitué à tout jamais pour moi la figure des pays où j'aimerais vivre...

Mais après deux cents pages consacrées à ces souvenirs et aux anecdotes sur le grand-père, la grand'-mère, les grand'tantes et les servantes, nous nous engageons décidément un peu trop « du côté de chez Swann » ; un énorme épisode, occupant la bonne moitié du volume et rempli non plus d'impressions d'enfance, mais de faits que l'enfant ignorait en majeure partie et qui ont dû être reconstitués plus tard, nous expose minutieusement l'amour de ce M. Swann, fils d'agent de change, riche et très mondain, ami du comte de Paris et du prince de Galles, pour une femme galante dont il ne connaît pas le passé et qu'il croit longtemps vertueuse, avec une naïveté invraisemblable chez un Parisien de cette envergure. Elle le trompe, le torture, et finalement se fera épouser. Ce n'est pas positivement ennuyeux, mais un peu banal, malgré un certain abus de crudités, et malgré l'idée qu'a Swann de comparer cette maîtresse à la Séphora de Botticelli qui est à la chapelle Sixtine. Et que d'épisodes dans cet épisode ! Quelle foule de comparses, mondains de toutes sortes et bohèmes ridicules, dont les sottises sont étalées avec une minutie et une prolixité excessives ! Enfin la dernière partie nous montre le jeune héros de l'histoire follement amoureux de sa petite camarade des Champs-Élysées, Gilberte, fille de M. Swann (que les parents du petit garçon ne voient plus depuis son absurde mariage). C'est, je pense, l'amorce du tome qui va suivre et qu'on attend avec sympathie, avec l'espoir aussi d'y découvrir un peu plus d'ordre, de brièveté, et un style plus châtié. On goûtera la conclusion mélancolique du présent volume : une flânerie de l'auteur adulte, vingt ans après, au bois de Boulogne, où il ne retrouve rien de ce qui l'avait tant charmé jadis. Il a la nostalgie des attelages et des élégances anciennes ; les automobiles et les robes entravées lui font horreur. « La réalité que j'avais connue n'existait plus... Le souvenir d'une certaine image n'est que le regret d'un certain instant ; et les maisons, les routes, les avenues, sont fugitives, hélas ! comme les années. »

II

A L'OMBRE DES JEUNES FILLES EN FLEURS

M. Marcel Proust a obtenu le prix Goncourt de 1919 pour son roman : « *A l'ombre des jeunes filles en fleurs* », tome second de la série qui avait commencé par *Du côté de chez Swann*. Dès 1913, à propos de ce premier volume, j'ai fait du talent de M. Marcel Proust un assez vif éloge, bien que tempéré de certaines réserves, pour n'avoir aujourd'hui qu'à me féliciter de ce jugement académique qui vient à l'appui du mien. Je dirais qu'une fois n'est pas coutume, s'il ne s'agissait de l'Académie Goncourt avec laquelle j'ai eu, non pas toujours, mais souvent, le plaisir de me trouver d'accord. Cependant je dois reconnaître que sa plus récente décision n'a pas eu en général une très bonne presse. Dans cette course, le grand favori a été battu sur le poteau : je veux dire que M. Roland Dorgelès a eu 4 voix et n'a été dépassé que d'une tête par M. Marcel Proust. Certes l'auteur des *Croix de Bois* eût été pleinement digne de remporter le prix : son roman est sans doute, avec *le Feu* de M. Henri Barbusse et *La Vie des Martyrs* de M. Georges Duhamel (autres lauréats Goncourt) l'un de nos trois meilleurs livres de guerre. Mais, après avoir couronné des livres de guerre pendant cinq ans, l'Académie des Dix a pensé qu'il était peut-être temps de revenir aux œuvres de paix. Parmi ces dernières, on n'en voit pas qui méritât d'être préférée à celle de M. Marcel Proust. Ses détracteurs ont objecté qu'il ne réalisait pas les conditions voulues par le fondateur, étant trop âgé, trop riche et patronné par celui des membres de l'Académie qui est en même temps un homme politique. Il est vrai que M. Marcel Proust a 47 ans, (et non pas 50, ainsi qu'on l'a trop généralement affirmé). Comment prétendre qu'il ait cessé d'être un jeune, dans une époque où l'on a si heureusement prolongé la jeunesse, sinon la vie même ? N'a-t-on pas vu au théâtre bien des jeunes premiers qui avaient passé l'âge réel de M. Marcel Proust, voire celui qu'on se hâtait trop de lui attribuer ? D'ailleurs au point de vue littéraire et artistique, l'état civil n'est pas tout. Un jeune, c'est un débutant, qui peut avoir débuté tardivement, ou n'être parvenu que lentement au succès définitif. A cet égard, Musset à 25 ans avait cessé d'être un jeune, mais Jean-Jacques en était un encore à 40 ans. Debussy de même jusqu'à *Pelléas* et Edouard Lalo à soixante jusqu'au *Roi d'Ys*. Plusieurs gagnants du Prix Goncourt, entre autres M. Henri Barbusse et M. Léon Frapié avaient également dépassé la quarantaine.

M. Marcel Proust n'avait encore donné dans sa période de débuts, prolongée par sa mauvaise santé, que quelques essais et des traductions de Ruskin, par où il s'était recommandé à la sympathie des délicats et des amateurs d'art, mais non pas signalé à l'attention du grand public. *A l'ombre des jeunes filles en fleurs* n'est que son second roman et qui aurait été publié 4 ou 5 ans plus tôt s'il n'y avait eu la guerre. Ce n'est pas un romancier arrivé. Les volontés d'Edmond de Goncourt ne l'excluent pas de ce chef. Quant à sa fortune, je n'en sais pas le compte, mais il n'est pas un nouveau riche, ce qui suffit généralement par le temps qui court pour ressembler beaucoup à un nouveau pauvre. Enfin M. J.-H. Rosny aîné a déclaré, dans un article de *Comedia*, que celui de ses collègues auquel on a fait allusion, n'était même pas intervenu auprès de lui en faveur de M. Marcel Proust. L'eût-il fait que cela ne changerait rien à la question. Edmond de Goncourt détestait l'intrusion de la politique dans la littérature, mais la politique n'a joué aucun rôle dans la carrière de M. Marcel Proust, qui est un pur homme de lettres, et elle n'en joue aucun dans son livre, dont la valeur littéraire n'est pas niable. Quoi encore ? On reproche à ce romancier d'être mondain. C'est son droit et le cas n'est pas prévu dans le testament du vieux Goncourt qui fréquentait lui-même quelques salons, notamment celui de la princesse Mathilde, et qui n'est pas seulement l'auteur de *Germinie Lacerteux* et de *La Fille Elisa* mais aussi de *Chérie* et de *Renée Mauperin*. Il serait aussi absurde de frapper d'ostracisme tel écrivain, parce qu'il va dans le monde, que tel autre (ou le même, car ce n'est pas incompatible), parce qu'il a gardé l'habitude d'aller au café.

Ce qui a aussi fait du tort à M. Marcel Proust, et là il y a quelque peu de sa faute, c'est qu'il est vraiment d'une lecture difficile. Et il l'est de deux façons. D'abord matériellement par la longueur inusitée de ses ouvrages. *Du Côté de chez Swann* déjà n'en finissait pas : et ce n'était qu'une entrée en matière. *A l'ombre des jeunes filles en fleurs* comporte 450 pages d'un texte prodigieusement compacte en tout petits caractères (44 lignes à la page) et presque d'un seul tenant, sans division en chapitres, à peu près sans alinéas. C'est un peu inhumain et décourageant pour les yeux qui veulent être ménagés ou simplement pour qui n'a pas beaucoup de loisirs. Le temps est passé des interminables romans, comme ceux des d'Urfé, des La Calprenède, des Scudéri ou des Richardson. M. Romain Rolland en a relevé la tradition, mais il avait pris la précaution de servir son *Jean Christophe* par petites tranches facilement digestives. A notre époque de gens pressés, absorbés par leurs travaux ou par d'autres plaisirs, la brièveté s'impose par élémentaire prudence si l'on veut être lu. Beaucoup de censeurs de M. Marcel Proust y ont visiblement renoncé et se sont vengés de n'avoir pu le suivre jusqu'au bout. Il est pénible à lire, en outre, non pas seulement à cause de son abondance insolite, mais de son style souvent précieux et embroussaillé. Ce n'est pas seulement l'œuvre elle-même qui est longue, c'est aussi, trop souvent, chaque phrase prise à part qui s'amplifie, se complique, s'enchevêtre, se replie en volute et en queue de serpent. J'ai déjà été amené à poser M. Marcel Proust en rival de Patin, dont la phrase du chapeau était légendaire dans les facultés et collèges aux temps où l'on étudiait *les Tragiques Grecs* et où M. Gustave Lanson ne nous menaçait pas de la licence ès-lettres sans grec ni latin. M. Marcel Proust sur cet article n'a pas changé ses habitudes. A chaque instant, on perd le fil, et l'on est obligé de reprendre, ce qui n'abrège pas l'opération.

Mais M. Marcel Proust possède sur feu Patin un avantage admirable en soi, qui justifie son prix et le classe parmi les écrivains de race, tandis que l'ancien secrétaire perpétuel n'était qu'un honnête érudit et un excellent professeur. Ce n'est pas seulement la construction un peu démesurée et embarrassée qui arrête le lecteur dans les phrases de M. Marcel Proust, c'est aussi l'originalité presque continuelle de la pensée ou de la sensation, et de l'expression verbale. On l'a comparé à Saint Simon. Car il a aussi de chauds admirateurs. Ce n'est pas tout à fait cela. Il n'a pas la véhémence, l'intensité, la fièvre et le feu au ventre de l'auteur des *Mémoires*. Il fait songer à lui épisodiquement, par son souci extrême et un peu excessif des hiérarchies de caste, des préséances mondaines et autre élégances conventionnelles. Cela n'a pas une grande importance, surtout aujourd'hui, et serait un peu vain et même ennuyeux, jusque dans Saint Simon, s'il n'y avait la manière. M. Marcel Proust ressemble encore un peu à l'illustre duc et pair dans sa façon d'écrire à la diable, sans respect de la correction grammaticale [1],

1. ... Il ne la respecte même point assez et ne revoit pas assez soigneusement ses épreuves. Il laisse passer des *j'eus* pour *j'eusse*, des *soit qu'il croit* (pour *croie*) des *il aurait voulu que nous partîmes*, ce qui fait un bien étrange subjonctif, etc...

et surtout il est, lui aussi, essentiellement un sensitif. Mais, au lieu de se laisser furieusement emporter par un tourbillon, il a des impressions plus douces et il les savoure en gourmet, il raisonne à leur sujet avec des raffinements infinis. Il est moins violemment passionné et plus savamment dilettante. Avec lui on n'est pas secoué par un vent de tempête, mais entraîné dans les délicieux et paisibles méandres du plus subtil esthétisme contemplatif.

Dans le sens où l'entendait Racine à propos de *Bérénice*, M. Marcel Proust a prouvé sa faculté d'invention en faisant quelque chose de rien. Ce livre si substantiel est aussi peu chargé que possible de matière et d'incidents. M. Marcel Proust a l'imagination romanesque, qui est une chose charmante, sans laquelle on se demanderait comment ceux qui en sont dépourvus peuvent vivre, si précisément ils n'en manquaient au point de n'en pas même éprouver le besoin. Mais sa fantaisie s'exerce en variations sur des thèmes réels, et son fertile esprit n'a pas besoin de ces « aventures » qui suppléent chez d'autres romanciers et pour d'autres lecteurs à la pauvreté du fonds.

Du côté de chez Swann était le tableau de ses impressions d'enfance. *A l'ombre des jeunes filles en fleurs* conte, comme dit Loti, celles de sa prime jeunesse.

Vous n'avez pas oublié Gilberte, la fille de ce Swann, l'ami des princes, si pleinement mondain, à qui son âme en folie a fait épouser inopinément une demi-mondaine, Odette de Crécy. Nous retrouvons Swann, Odette et Gilberte. Après une période de tendre et innocente intimité, Gilberte se refroidit sans autre motif que l'universelle inconstance de ce monde en perpétuel devenir, laquelle est particulièrement à redouter chez des êtres jeunes et indéterminés, devant qui s'ouvrent de larges perspectives et qui ne connaissent pas encore ce désir éperdu de stabilité, angoisse et tourment de l'âge mûr. C'est tout, à ne considérer que l'action, pour la première partie du volume. La deuxième se compose, après la brouille avec Gilberte, d'une saison aux bains de mer où le héros fait la connaissance de plusieurs autres jeunes filles, pour lesquelles il s'éprend d'une sorte d'amour indivis, comme dans les *Vierges aux Rochers*, de Gabriel d'Annunzio, ne finissant par se fixer enfin sur l'une d'elles, Albertine, que pour être assez vite déçu et rabroué. Et le récit se termine normalement, sans intrigue, péripéties ni coup de théâtre, par la rentrée à Paris.

Ajoutez à ce scénario si simple un assez grand nombre de personnages épisodiques, toute une galerie de portraits curieux et divertissants, tracés de main de maître. Rien de plus plaisant que la personne et les discours de M. de Norpois, diplomate rempli de son importance et dont l'intarissable phraséologie professionnelle est rendue irrésistible par le talent parodique de M. Marcel Proust. Celui-ci a publié d'autre part, des pastiches qui valent les célèbres *A la manière de.....* de Charles Muller et Paul Reboux. Ces pastiches présentent cette particularité de montrer comment un même sujet — une affaire de faux diamants, — aurait pu être traitée par des écrivains aussi différents que Balzac, Flaubert, Sainte-Beuve, Henri de Régnier, les Goncourt, Michelet, Faguet, Renan et Saint Simon, dont les différences ne s'accusent jamais plus fortement que dans cette espèce de concours sur un texte donné. Ce sont encore là, par un détour, des portraits littéraires d'une justesse admirable dans la plus amusante espièglerie.

Pour revenir à *L'Ombre des jeunes filles*, voici le baron de Charlus, entêté de sa noblesse d'ailleurs très ancienne et authentique, qui n'est pas sans inspirer à M. Marcel Proust une extrême considération. Il la motive par sa curiosité des types originaux et il la met à son plan, lorsqu'il s'étonne très sincèrement qu'un homme de génie comme l'illustre écrivain Bergotte, placé par ce don divin au dessus de tout et de tous, ne laisse pas d'être un peu vulgairement ambitieux et arriviste. On pourrait trouver que M. Marcel Proust attache trop de prix aux vanités sociales, s'il n'apportait lui-même ce correctif de n'en être pas dupe, de s'y plaire comme à un spectacle, de très bien voir que l'élégance d'un milieu est souvent en raison inverse de son niveau spirituel, et de préférer hautement un grand artiste à un grand seigneur ou à un millionnaire. Ceux qui l'ont taxé de snobisme ne l'ont pas bien compris.

Voici un autre aristocrate, le marquis de Saint-Loup, mais intellectuel proudhonnien, aussi avancé que Charlus peut paraître fossile. Et la princesse de Luxembourg, altesse royale dont l'amabilité pour les personnes de moindre naissance est extrêmement attentive, mais ressemble toujours un peu aux gentillesses que l'on a pour les animaux domestiques. Et la vieille marquise de Villeparisis, qui a jadis entrevu Chateaubriand, Balzac, Hugo, Vigny, Stendhal, ou a été renseignée sur eux de première main, par ses parents, et qui ne croit pas du tout à cette fameuse supériorité de gens moins agréables en somme qu'un Molé, un Pasquier ou un Salvandy. C'est ici une critique des critiques à la Sainte-Beuve. On peut voir dans la préface aux *Propos d'un Peintre* (de David à Degas) de M. Jacques Emile Blanche, que M. Marcel Proust regarde l'étude biographique et les relations personnelles avec les grands hommes non comme une aide, mais comme un empêchement à sentir leur grandeur véritable. C'est un point de vue discutable d'ailleurs, et sans doute plus exact quand il s'agit d'une caillette comme Mme de Villeparisis que d'un historien comme Sainte-Beuve, dont la méthode reste excellente malgré quelques erreurs de fait.

Ce qui donne surtout à ce livre tant d'attrait, c'est l'inquiétude et l'ardeur sentimentales, favorisées sans doute, encore qu'un peu faussées, mais d'une façon encore bien attachante, par de très modernes théories philosophiques. On goûtera cette constante avidité de sortir de soi, de se mêler à d'autres vies, et d'y pénétrer profondément. L'amour est peut-être avant tout une immense passion d'exister souverainement dans une autre conscience. Le malheur de M. Marcel Proust, ou de son héros, est de compliquer cette tâche déjà difficile par un subjectivisme excessif. Il est par trop convaincu que l'amour, comme le génie, tire tout de soi, par une création absolue pour qui la nature ou l'être aimé n'est qu'un prétexte. Il redit sous toutes les formes le fameux quatrain de Louis Bouilhet : « J'ai fait chanter mon rêve... » Il reste au moins à expliquer pourquoi c'est cet être, et non pas un autre qui a servi d'instrument à cet archet vainqueur. Cette objection seule suffit à rectifier ce qu'il y a là de vraiment trop radical. Ce qui n'est malheureusement que trop vrai, c'est ce principe de relativité qui ne s'applique pas seulement au mouvement matériel mais, si l'on peut dire, à la mécanique morale et qui rend tout bonheur précaire, tout amour imparfait. On a rarement traduit avec plus de force et d'amertume le sens du changement et de l'incessante mobilité qui fait de la vie une suite ininterrompue de morts fragmentaires. Et c'est ici un livre douloureux comme la plupart des grands livres très humains.

III

LE CÔTÉ DE GUERMANTES

Le côté de Guermantes est le troisième volume de la série. Il y avait pour sortir de la maison de campagne où le héros de ces mémoires romanesques a passé son enfance deux routes dont l'une conduisait à la propriété de M. Swann, l'autre au château de Guermantes. De là, les deux titres. Cette troisième partie que voici n'est qu'un volume de transition moins complet en soi que les deux précédents et servira surtout à préparer les deux derniers tomes, lesquels seront terribles et nous entraîneront, d'après ce qu'on annonce, jusqu'à Sodome et à Gomorrhe. Tous les chemins mènent à Rome, mais n'ont pas heureusement cette fatale orientation du côté de Guermantes. Il sied d'attendre la fin de la publication pour porter un jugement d'ensemble sur ce grand ouvrage de M. Marcel Proust, qui, à défaut d'autres ressemblances, fera du moins songer à Jean-Christophe par son étendue. On voit en tout cas que ses adversaires, lorsqu'il obtint le prix Goncourt, étaient bien injustes de lui reprocher une insuffisante fécondité, et qu'il est en train de se rattraper largement. Car ses cinq volumes en vaudront bien dix de dimensions ordinaires, et la concision n'est assurément pas sa faculté maîtresse.

Il faut avoir des loisirs pour pouvoir lire M. Marcel Proust qui n'est à aucun point de vue d'une lecture facilement abordable. Les gens pressés auraient tort de s'imaginer qu'on peut prendre une idée de ses livres en les parcourant à la hâte, comme on fait aisément pour beaucoup d'autres, et ils feront mieux d'y renoncer tout de suite. Ceux qui auront le temps de s'embarquer dans cette entreprise de longue haleine, ne le regretteront pas. Ce récit touffu, ces phrases enchevêtrées, ces innombrables pages compactes, parfois même inextricables, récèlent des trésors d'observations pénétrantes, d'impressions délicates ou profondes, d'imagination ardente et subtile. M. Marcel Proust est un prodigieux sensitif et un analyste inépuisable. Son style surchargé mais frémissant et parfois éclatant, l'a fait parfois comparer à Saint Simon. Toute proportion gardée, il y a du vrai bien que M. Marcel

Proust soit surtout un esthète nerveux, un peu morbide, presque féminin et n'ait pas les coups de passion ni les orages fulgurants de l'auteur des *Mémoires* ou du moins ne les ait pas encore eus ; cela viendra peut-être au bout du chemin de Guermantes, du côté de Sodome et Gomorrhe.

Un trait par lequel M. Marcel Proust ressemble à Saint Simon ou renchérit même sur lui, c'est la préoccupation absorbante et l'idée fixe des généalogies, des rangs et des préséances. Il en est littéralement obsédé. Bien avant d'avoir aperçu la duchesse de Guermantes, son héros — qui lui ressemble comme un frère, malgré l'arrangement des personnages et des événements romancés — cristallise furieusement sur ce nom et sur ce titre, qui ne lui semblent pouvoir appartenir qu'à un être surnaturel, à une dame de légende ou à une fée du lac. Il est un peu déçu de découvrir que ce n'est qu'un être humain, lorsque ses parents vont habiter à Paris, un appartement sis dans une aile de l'hôtel Guermantes. Mais la cristallisation reprend bientôt sur nouveaux frais, parce qu'on lui dit que tout en résidant sur la rive droite, la duchesse occupe la première situation du Faubourg Saint-Germain.

Aucun ambitieux de Balzac n'a plus ardemment rêvé de cette mystérieuse contrée et de cette terre de Chanaan. Y pénétrer est l'unique objet des vœux de ce novice qui se figure un instant qu'il est amoureux de Mme de Guermantes elle-même, mais ne l'est en réalité que de cet Olympe où planent les grands dieux de la suprême mondanité et de l'inimitable élégance. C'est d'ailleurs pour lui seul qu'il caresse cette chimère, et il jugerait fort choquant que ses pareils, de simples bourgeois même opulents et distingués, eussent le fol orgueil de prétendre à être jamais admis dans ce sublime faubourg. « La vie que je supposais devoir y être menée dérivait d'une source si différente de l'expérience, et me semblait devoir être si particulière, que je n'aurais pu imaginer aux soirées de la duchesse la présence de personnes que j'eusse autrefois fréquentées, de personnes réelles. Car ne pouvant subitement changer de nature, elles auraient tenu là des propos analogues à ceux que je connaissais ; leurs partenaires se seraient peut-être abaissés à leur répondre dans le même langage humain ; et pendant une soirée dans le premier salon du faubourg Saint-Germain, il y aurait eu des instants identiques à des instants que j'avais déjà vécus : ce qui est impossible. »

Notre bon jeune homme assistant à une représentation de gala à l'Opéra, n'a d'yeux que pour une miraculeuse baignoire où trônent la duchesse, sa cousine la princesse de Guermantes-Bavière, une vague altesse royale, et quelques demi-dieux du Jockey Club. Les humbles mortels, extasiés avec lui aux fauteuils d'orchestre, lui font l'effet d'un madrépore de protozoaires. Une fameuse tragédienne, la Berma, joue un acte de *Phèdre*. Il eût mieux aimé connaître le jugement de ces grandes dames, qui ne pensaient peut-être qu'à leurs toilettes, que celui du premier critique du monde. Le moment enivrant est celui où la duchesse, l'ayant reconnu, leva la main gantée de blanc qu'elle tenait appuyée sur le rebord de la loge, l'agita en signe d'amitié et fit pleuvoir sur lui l'averse étincelante et céleste de son sourire. L'excellent garçon n'a pas perdu sa soirée. Mais un peu plus tard, il découvrira qu'il a fait une gaffe et en éprouvera un cuisant regret.

Rencontrant la duchesse en visite, il l'entendra déclarer que M. Bergotte, qui n'est pas du Jockey, a encore plus d'esprit que M. de Bréauté qui en est pourtant, et que l'unique personne qu'elle a envie de connaître est ce Monsieur Bergotte dont le seul mérite consiste à être un écrivain illustre. Notre néophyte qui a cependant la vocation littéraire, et qui admire infiniment ce maître des lettres contemporaines, n'en est pas moins stupéfait !

« Je n'avais pas considéré que Bergotte pût

être considéré comme spirituel ; de plus, il apparaissait comme mêlé à l'humanité intelligente, c'est à dire infiniment distant de ce royaume mystérieux que j'avais perçu sous les toiles de pourpre d'une baignoire et où M. de Bréauté, faisant rire la duchesse, tenait avec elle dans la langue des dieux, cette chose inimaginable : une conversation entre gens du faubourg Saint-Germain. Je fus navré de voir l'équilibre se rompre, et Bergotte passer par dessus M. de Bréauté. Mais surtout je fus désespéré d'avoir évité Bergotte le soir de *Phèdre*, de ne pas être allé à lui... La présence de Bergotte à côté de moi, présence qu'il m'eût été si facile d'obtenir mais que j'aurais cru capable de donner une mauvaise idée de moi à Madame de Guermantes, eût sans doute eu au contraire pour résultat qu'elle m'eût fait signe de venir dans sa baignoire et m'eût demandé d'amener un jour déjeuner le grand écrivain. » C'est bien fait, mon ami, et tant pis pour toi ! Cela t'apprendra à regarder comme compromettante la fréquentation d'un homme supérieur, qui t'honorerait grandement au contraire, et à lui préférer le premier imbécile à particule.

Il semble d'ailleurs certain que cette curiosité à l'égard des intellectuels célèbres est, chez la duchesse, un snobisme analogue à celui qui fait pâmer quelques naïfs devant l'aristocratie de nom. Vanité des vanités ! Mais ceux qui en bénéficient le plus n'en sont donc pas exempts, et les droits de l'esprit, seule valeur réelle, sont ainsi rétablis par ce détour.

Il conviendrait toutefois que ses représentants fissent respecter leur dignité, ce que ne font pas tous les commensaux de Mme de Guermantes, si l'on en croit M. Marcel Proust. A propos de l'excellent écrivain C... que la duchesse invitait souvent à déjeuner même tête à tête avec elle et son mari, ou l'automne à Guermantes, et qu'elle servait certains soirs à des altesses curieuses de le rencontrer, M. Marcel Proust écrit : « La duchesse aimait à recevoir certains hommes d'élite, à condition toutefois qu'ils fussent garçons, condition que même mariés ils remplissaient toujours pour elle, car comme leurs femmes, plus ou moins vulgaires, eussent fait tache dans un salon où il n'y avait que les plus élégantes beautés de Paris, c'est toujours sans elles qu'ils étaient invités ; et le duc, pour prévenir toute susceptibilité, expliquait à ces veufs malgré eux que la duchesse ne recevait pas de femmes, ne supportait pas la société des femmes, presque comme si c'était par ordonnance du médecin et comme il eût dit qu'elle ne pouvait rester dans une chambre où il y avait des odeurs, manger trop salé, voyager en arrière ou porter un corset. « En vérité, à entendre cette duchesse et son complaisant historiographe, on croirait que tous les hommes de lettres épousent leur blanchisseuse ! Un d'eux, en butte à une de ces invitations unilatérales et discourtoises, qu'aucune disgrâce ne justifiait, répondit tout à trac qu'il n'allait sans sa femme que dans le demi-monde. La leçon était juste. L'égalité est la base des relations sociales, et ceux qui méprisent les autres n'ont qu'à se passer de leur compagnie. S'ils la désirent, qu'ils la recherchent poliment et non en mettant leurs invités plus bas que terre.

C'est assez l'habitude de Mme de Guermantes, et si l'on en juge par certaines particularités que rapporte M. Marcel Proust, cette grande dame, cette très grande dame, est assez mal élevée. Ces gens de talent qu'elle attire si volontiers chez elle, il paraît qu'elle les traite d'une façon « condescendante ». Ils sont bien bons de le supporter ! Il y en a certes qu'après une telle expérience elle n'aurait jamais revus. Comme sa tante, Mme de Villeparisis, lui présentait certain érudit et le héros du roman, la duchesse, dit ce dernier, « profita de l'indépendance de son torse pour le jeter en avant avec une politesse exagérée et le ramener avec justesse, sans que son visage et son regard eussent paru avoir remarqué qu'il y avait quelqu'un devant eux ;

après avoir poussé un léger soupir, elle se contenta de manifester la nullité de l'impression que lui produisaient la vue de l'historien et la mienne en exécutant certains mouvements des ailes du nez avec une précision qui attestait l'inertie absolue de son attention désœuvrée. » Et plus loin : « D'un air souriant, dédaigneux et vague, tout en faisant la moue avec ses lèvres serrées, de la pointe de son ombrelle comme de l'extrême antenne de sa vie mystérieuse, elle (la duchesse) dessinait des ronds sur le tapis, puis avec une affection indifférente, qui commence par ôter tout point de contact avec ce que l'on considère soi-même, son regard fixait tout à tour chacun de nous, puis inspectait les canapés et les fauteuils, mais en s'adoucissant alors de cette sympathie humaine qu'éveille la présence même insignifiante d'une chose que l'on connaît, d'une chose qui est presque une personne ; ces meubles n'étaient pas comme nous, ils étaient vaguement de son monde, ils étaient liés à la vie de sa tante ; puis du meuble de Beauvais ce regard était retourné à la personne qui y était assise et reprenait le même air de perspicacité et cette même désapprobation que le respect de Mme de Guermantes pour sa tante l'eût empêchée d'exprimer, mais enfin qu'elle eût éprouvée si elle eût constaté sur les fauteuils, au lieu de notre présence, celle d'une tache de graisse ou d'une couche de poussière. » Notez que ces hommes, assimilés si gracieusement à des grains de poussière ou à des taches de graisse qui salissent les nobles fauteuils de Mme de Villeparisis, sont irréprochables et fort estimables à tous points de vue, sous cette unique réserve qu'ils ne sont pas « nés ». Il semble difficile de pousser plus loin que cette duchesse, l'insolence et la grossièreté. On incline même à croire que M. Marcel Proust exagère, et qu'il n'y en a plus beaucoup de ce calibre ou qu'elles dissimulent mieux.

On trouvera naturellement bien d'autres choses dans cet ouvrage, notamment l'histoire du marquis Robert de Saint-Loup, maréchal des logis de cavalerie, et d'une petite actrice, sa maîtresse, puis des notes historiques relatives aux répercussions de l'affaire Dreyfus sur les conversations et la vie de société, enfin d'exquis ou d'admirables tableaux où la maîtrise descriptive de M. Marcel Proust rivalise avec les plus grands peintres (je vous recommande particulièrement le Boecklin des pages 36 et 37, beaucoup plus harmonieux que ceux de Bâle, et le Rembrandt de la page 87).

IV

LE CÔTÉ DE GUERMANTES II

SODOME ET GOMORRHE I

M. Marcel Proust poursuit infatigablement sa *Recherche du temps perdu* : voici le quatrième volume, un peu moins long peut-être et un peu moins substantiel que les précédents ; il n'a que deux cent quatre-vingts pages, mais de ces pages très hautes, très larges et très compactes, sans alinéas, qui sont particulières aux éditions de la *Nouvelle Revue française*, — chacune en vaut bien deux ou trois d'une édition normale, — et qui semblent avoir été inventées tout exprès pour donner, par le seul aspect de la typographie, avant qu'on en ait lu une ligne, l'image exacte et l'impression physique de la manière de M. Marcel Proust. « Lac de délices », dit M. André Gide dans son dernier *Billet à Angèle* [1],

1. *Nouvelle Revue française* du 1er mai 1921

et il ajoute (dans un autre paragraphe, de sorte qu'il importe peu si les métaphores ne se suivent pas très bien) : « Quels curieux livres ! On y pénètre comme dans une forêt enchantée ; dès les premières pages, on s'y perd, et l'on est heureux de s'y perdre ; on ne sait bientôt plus par où l'on est entré ni à quelle distance on se trouve de la lisière ; par instants, il semble que l'on marche sans avancer, et par instants que l'on avance sans marcher ; on regarde tout en passant ; on ne sait plus où l'on est, où l'on va.... »

M. André Gide répond à une objection d'Angèle, qui se plaint que la longueur des phrases de M. M. Proust l'exténue : « Attendez seulement mon retour et je vous lis ces interminables phrases à haute voix ; comme aussitôt tout s'organise ! comme les plans s'étagent ! comme s'approfondit le paysage de la pensée ! » J'admire les livres de M. Marcel Proust autant ou presque autant que fait M. André Gide, qui les préférerait à tout, s'il n'y avait M. Paul Valéry, mais je voudrais bien, lorsqu'il sera revenu parmi nous, lui entendre lire à haute voix la phrase suivante : « Est-ce parce que nous ne revivons pas nos années dans leur suite continue jour par jour, mais dans le souvenir figé dans la fraîcheur ou l'insolation d'une matinée ou d'un soir, recevant l'ombre de tel site isolé, enclos, immobile, arrêté et perdu, loin de tout le reste et qu'ainsi les changements gradués non seulement au dehors, mais dans nos rêves et notre caractère évoluant, lesquels nous ont insensiblement conduit dans la vie d'un temps à tel autre très différent, se trouvant supprimés, si nous revivons un autre souvenir prélevé sur une année différente, nous trouvons entre eux grâce à des lacunes, à d'immenses pans d'oubli comme l'abîme d'une différence d'altitude, comme l'incompatibilité de deux qualités incomparables d'atmosphère respirée et de colorations ambiantes. » C'est limpide. Mais ce le serait davantage encore pour tout le monde grâce à la savante diction de M. André Gide, qui réussirait sans doute à déblayer et à clarifier jusqu'à la célèbre « phrase du chapeau » de l'helléniste Patin, en son vivant, secrétaire perpétuel de l'Académie française.

Je me hâte d'ajouter que l'écriture de M. Marcel Proust n'est pas toujours aussi enchevêtrée, et que précisément le présent volume est, en général, plus facile à lire que les trois premiers. Au surplus, ce n'est point par ironie que j'ai déjà déclaré fort intelligible la période que je viens de citer, et qui est un peu chargée sans doute, mais non pas inextricable autrement qu'en apparence. On y distingue aisément, en relisant deux ou trois fois avec beaucoup d'attention, une des théories favorites de

M. Marcel Proust, et qui est comme un des leitmotives de ses récits, à savoir celle de la contingence et de la relativité de nos états de conscience, où entrent comme composantes beaucoup d'éléments divers, également essentiels, mais que la fuite du temps, l'instabilité des choses, les déformations de notre mémoire, la double évolution nullement concordante du moi et du non-moi, nous interdisent de retrouver jamais deux fois dans un ensemble identique. Et voilà que je commence à craindre moi-même de n'être pas sensiblement plus clair que M. Marcel Proust, qui est ici un Bergson ou un Einstein de la psychologie romanesque, et à qui certaines idées un peu subtiles imposent presque inévitablement parfois un langage un peu abstrus.

« Ces mélanges charmants qu'une jeune fille fait avec une plage, avec la chevelure tressée d'une statue d'église, avec une estampe, avec tout ce à cause de quoi on aime en l'une d'elles, chaque fois qu'elle entre, un tableau charmant, ces mélanges ne sont pas très stables. Vivez tout à fait avec la femme et vous ne verrez plus rien de ce qui vous l'a fait aimer... » Et plus loin : « La vie vous avait complaisamment révélé tout au long le roman de cette petite fille, vous avait prêté pour la voir un instrument d'optique, puis un autre, et ajouté au désir charnel un accompagnement qui le centuple et le diversifie de ces désirs plus spirituels et moins assouvissables qui... », etc... Ailleurs, M. Marcel Proust parle de ces procédés de photographie composite qui peuvent, « autant que le baiser, faire surgir de ce que nous croyons une chose à aspect défini, les cent autres choses qu'elle est tout aussi bien, puisque chacune est relative à une perspective non moins légitime ». M. Marcel Proust loue un peintre imaginaire, qu'il appelait Elstir, d'avoir su « dissoudre cet agrégat de raisonnements que nous appelons une vision » et sans lequel « nous n'identifierions pas les objets ». Nul n'est plus convaincu de le différence profonde entre « l'être que nous avons été autrefois » et celui que nous sommes ou que nous nous figurons être aujourd'hui, chacun de ces deux êtres étant du reste soumis aux influences d'une foule de conjonctures qu'il est impossible de reproduire ou seulement de se représenter avec exactitude, puisqu'il faudrait pour cela redevenir ce que nous ne sommes et ne serons jamais plus. M. Marcel Proust est éminemment le romancier de la mobilité, du perpétuel changement et de l'universelle illusion. J'espère qu'à la lumière de ces textes vous avez réussi à comprendre à peu près la terrible phrase sans le concours de M. André Gide.

On reconnaîtra qu'il y a un peu de vrai dans l'observation suivante, qui semble bien avoir ici le sens d'une apologie personnelle. Il s'agit de la duchesse de Guermantes, qui affecte de ne parler que la vieille langue délectable du temps de Malherbe et de Mathurin Régnier (dont elle a parfois la verdeur) : « Il est difficile, quand on est troublé par les idées de Kant et la nostalgie de Baudelaire, d'écrire le français d'Henri IV, de sorte que la pureté même du langage de la duchesse était un signe de limitation et qu'en elle et l'intelligence et la sensibilité étaient restées fermées à toutes les nouveautés. » Sans doute. Il ne faudrait pourtant pas exagérer, et si la découverte d'idées, de notions et d'émotions nouvelles exige un enrichissement du vocabulaire, ou même une complication de la syntaxe, ce n'est pas une raison suffisante pour renoncer aux qualités du vieux langage, ni à ses ressources — car on laisse perdre autant de mots anciens qu'on en invente de nouveaux, sans parler de ceux qu'on détourne de leur sens ; et s'il est fatal que les langues évoluent, il est à souhaiter du moins que ce soit toujours dans le sens de leur génie propre, de façon que ces acquisitions n'en altèrent point la nature essentielle ni les qualités maîtresses, au premier rang desquelles pour le français il conviendra toujours de ranger la clarté et une certaine simplicité élégante qui n'a rien de commun avec la facilité banale et superficielle. Puisque j'ai nommé M. Bergson parmi les maîtres de la pensée de M. Marcel Proust, celui-ci me permettra de lui faire observer que l'auteur de l'*Evolution créatrice*, ayant à traiter de matières encore plus ardues que celles de *Swann* ou de *Guermantes*, écrit néanmoins avec plus d'aisance et ne fait jamais de phrases aussi embroussaillées.

Mais nul n'a jamais été plus sincèrement féru que M. Marcel Proust de ce que Maurice Barrès appelle le « prestige de l'obscur ». « Dans les livres de Bergotte que je relisais souvent, dit-il, ses phrases étaient aussi claires devant mes yeux que mes propres idées, les meubles dans ma chambre et les voitures dans la rue. Toutes choses s'y voyaient aisément, sinon telles qu'on les avait toujours vues, du moins telles qu'on avait l'habitude de les voir maintenant. » C'est pourquoi M. Marcel Proust — ou du moins son héros, qui lui ressemble comme un frère — n'admire plus Bergotte autant qu'autrefois. A un confrère qui le remerciait de lui avoir envoyé un de ses recueils de vers, mais avouait qu'il n'y avait pas compris grand'chose, Moréas répondit : « J'en suis bien aise, car si vous aviez compris, cela prouverait que mes vers ne vaudraient rien. » Ce qui était une insolence voulue dans cette réplique de Moréas est une conviction profonde chez M. Marcel Proust. Il admire d'autant plus qu'il comprend moins, et réciproquement. Il s'en vante, et condamne quiconque n'adopte pas ce critérium, qui est pour lui le premier principe d'une esthétique sérieuse.

Dans le moment où il se dégoûte de Bergotte, qui a le tort rédhibitoire de se laisser comprendre, il s'engoue d'un nouvel écrivain qui écrit, par exemple : « Les tuyaux d'arrosage admiraient le bel entretien des routes qui partaient toutes les cinq minutes de Briand et de Claudel. » N'y comprenant rien, M. Marcel Proust fait comme les tuyaux d'arrosage : il se convulse d'admiration. Le propre d'un artiste créateur n'est-il pas d'apporter une vision entièrement nouvelle, qui commence nécessairement par heurter les habitudes du public ? Le monde n'a pas été créé une fois, mais aussi souvent qu'un artiste original est survenu. Les gens de goût nous disent aujourd'hui que Renoir est un grand peintre du dix-neuvième siècle. Mais on a commencé par pousser des cris d'horreur devant ses tableaux et les trouver hideux. Aujourd'hui enfin, par un lent et pénible travail d'accommodation, nous voyons comme Renoir : un nouvel univers a été créé ; « il durera jusqu'à la prochaine catastrophe géologique que déchaîneront un nouveau peintre ou un nouvel écrivain originaux ». Bergotte, à sa date, avait opéré un de ces renouvellements du monde, que M. Marcel Proust attendait maintenant de son successeur : « Et j'arrivais, dit-il, à me demander s'il y avait quelque vérité en cette distinction que nous faisons toujours entre l'art qui n'est pas plus avancé qu'au temps d'Homère, et la science aux progrès continus. Peut-être l'art ressemblait-il au contraire en cela à la science : chaque nouvel écrivain original me semblait en progrès sur celui qui l'avait précédé... »

Cependant les Goncourt, assurément originaux, ne sont pas de plus grands romanciers que Cervantès, et M. Paul Claudel, malgré son originalité non moins certaine, n'est pas un plus grand poète que Dante. Il reste vrai qu'il y a dans les poèmes homériques autant de génie que dans les plus beaux des âges suivants. D'ailleurs, l'assimilation qu'institue M. Marcel Proust entre l'art et la science contredit son grand principe. Le travail scientifique a pour caractère distinctif d'accumuler les découvertes par un progrès continu, les vérités bien établies étant définitivement acquises. Dans l'art, qui vaut par la personnalité de l'artiste, le travail recommence chaque fois sur nouveaux frais ; mais on considérait, jusqu'à présent, que la beauté réalisée demeurait acquise aussi, tout en laissant le le champ libre aux tentatives ultérieures, et c'est cela justement que conteste M. Marcel Proust, puisque qu'une œuvre n'est belle, selon lui, qu'aussi longtemps qu'elle est méconnue, et perd tout intérêt dès qu'étant enfin comprise elle doit céder le pas aux générations montantes qui la relèguent à jamais dans l'ombre. Etrange progrès, qui se dévorerait lui-même au fur et à mesure de ses conquêtes, et nous laisserait aussi pauvres que les contemporains de la première œuvre d'art un peu réussie, à l'origine des temps !

Le modernisme de M. Marcel Proust est plus radical que celui des d'Aubignac, des Perrault et des La Motte. D'ailleurs, par le détour d'une subtile théorie de l'originalité, il rejoint tout bonnement le penchant instinctif de la masse à n'apprécier que les ouvrages nouveaux et à trouver ennuyeux tous ceux qui datent de plus d'un demi-siècle. Ce n'est pas la première fois que l'on constate cet étrange accord de nos esthètes les plus renchéris avec la barbarie naïve des simples illettrés. Et déjà Edmond de Goncourt considérait avec dédain l'antiquité comme « le pain des professeurs ». Le voilà devenu, lui aussi, un ancien pour les futuristes comme M. Marcel Proust, et dédaigné à ce titre, selon la loi qu'il avait lui-même promulguée. *Patere legem quam ipse fecisti* ! Mais ces paradoxes, s'ils étaient pris au sérieux, aboutiraient à la ruine de toute culture et à l'abaissement de l'esprit. Bien entendu, M. Marcel Proust méprise aussi la critique, qu'il compare à l'agitation futile et versatile d'une duchesse de Guermantes : cependant outre qu'il lui arrive d'être plus créatrice que la sorte de littérature à laquelle M. Proust réserve ce nom, puisqu'elle crée parfois des idées, et des idées justes, la critique rendrait encore des services bien nécessaires, quand elle se bornerait à défendre la raison et les vrais trésors intellectuels contre des sophismes d'autant plus dangereux qu'ils sont énoncés par un écrivain de grand talent, comme l'auteur d'*A la recherche du temps perdu*.

La discussion de ces quelques points a rempli la place que j'aurais peut-être dû donner à l'analyse du roman ; mais à vrai dire, il est à peu près impossible d'analyser un volume qui ne forme pas un tout à lui seul, mais prend son rang dans une série, et qui se compose d'une suite de croquis, de conversations et de réflexions d'ailleurs extrêmement attachantes : le tableau d'un dîner chez la duchesse de Guermantes occupe environ cent vingt pages, et il n'y en a peut-être pas une de trop. Je dois ajouter qu'au dernier chapitre le récit s'engage dans une direction où il devient un peu difficile de le suivre.

Il y a eu jusque dans les familles royales, d'après Saint-Simon, des personnages analogues au baron de Charlus de M. Proust ; mais l'auteur des *Mémoires* se bornait à des indications plus sommaires.

V

SODOME ET GOMORRHE

M. Marcel Proust poursuit, par des chemins parfois un peu étranges, sa recherche du temps perdu. Des lecteurs acrimonieux diront peut-être que ce n'est pas une raison parce qu'il en a beaucoup perdu pour nous en faire perdre à notre tour.

Assurément il n'écrit pas pour les gens pressés. Voici le cinquième tome de son grand ouvrage qui doit en avoir huit, mais ce cinquième tome est lui-même en trois volumes ; on se demande avec inquiétude en combien de volumes s'allongeront les trois tomes qui restent à paraître et sont déjà « sous presse » M. Marcel Proust battra tous les records, ceux des Romain Rolland, des La Calprenède et des Scudéri. Lorsqu'il écrit : « Les proportions de cet ouvrage ne me permettent pas d'expliquer ici à la suite de quels incidents de jeunesse M. de Vangoubert... » etc, on croit, non sans raison peut-être, à une aimable ironie. Que serait-ce donc, et quelles proportions l'ouvrage atteindrait-il si cet auteur entreprenait de tout dire ? Cependant, sans être incapable de sourire et de se railler discrètement lui-même, une fois par hasard, M. Proust est habituellement très sérieux. La rancune qu'il a exhalée contre Renan, jusqu'à l'accuser d'écrire mal, ne serait-elle pas déterminée par une boutade, dans la réponse au discours de réception de Victor Cherbuliez, sur l'illusion des romanciers, qui consiste à s'imaginer qu'on a le temps de les lire ?

M. Proust flétrit l'affectation de l'homme positif vous disant à propos de divertissements mondains ou autres réputés frivoles : » C'est bon pour vous qui n'avez rien à faire », et dont la supériorité s'affirmerait tout aussi dédaigneuse si votre divertissement était d'écrire ou simplement de lire *Hamlet* ; Il a mis *Hamlet* par modestie ; mais il a sans doute pensé à sa *Recherche du temps perdu*, qui est certainement pour lui aussi du temps gagné, comme pour M. de Tocqueville ou le philosophe Joubert, d'après la sous-préfète du *Monde où l'on s'ennuie*.

Il est du moins certain qu'après quelque hésitation et quelque méfiance devant cet amas de papier imprimé, si l'on se décide à y entrer bravement, on ne le lâche plus. Avec tous ses défauts, ses redites et son accumulation de détails interminables, M. Marcel Proust est un romancier des plus captivants. Prolixe, mais varié, souvent spirituel et brillant, parfois profond, il donne toujours la sensation de la vie. J'ajoute que son style est cette fois plus alerte et plus clair. Ce n'est pas que ses phrases ne s'empêtrent encore çà et là, comme celle du « chapeau » échappée à l'helléniste Patin, secrétaire perpétuel de l'Académie Française, et j'en pourrais citer plusieurs exemples. En voici seulement un : « Mais si la vie, en faisant revêtir à Cottard sinon chez les Verdurin, où il était, par la suggestion que les minutes anciennes exercent sur nous quand nous nous retrouvons dans un milieu accoutumé, resté quelque peu le même, du moins dans sa clientèle, dans son service d'hôpital, à l'Académie de médecine, des dehors de froideur, de dédain, de gravité qui s'accentuaient pendant qu'il débitait devant ses élèves complaisants ses calembours, avait creusé une véritable coupure entre le Cottard actuel et l'ancien, les mêmes défauts s'exagéraient, au contraire chez Samiette, au fur et à mesure qu'il cherchait à s'en corriger. » Notez que la phrase est correcte, et qu'il suffit pour la comprendre de découvrer que le *si la vie* du début commande le *avait creusé* de la 10e ou 11e ligne, et que le *revêtir à Cottard* de la 1re a pour régime les *dehors de* froideur dont il est séparé par une broussaille d'incidentes. C'est élémentaire dès qu'on a trouvé le fil. D'autres phrases sont franchement boiteuses et défient la syntaxe. Puis, il y a beaucoup de subjonctifs, mais non pas toujours où il en faudrait et quelquefois en revanche où il n'en faudrait pas. M. Proust est brouillé avec les temps, les modes et généralement avec la grammaire. Cette incompatibilité d'humeur l'entraîne à de plaisantes méprises. « J'ai pas pour bien longtemps, disait le lift qui, poussant à l'extrême la règle édictée par Bélise d'éviter la récidive du *pas* avec le *ne*, se contentait toujours d'une seule négative » Bélise s'est gardée d'édicter une règle si fausse, et à Martine disant : *Ne servent pas de rien*, ce n'est pas le *ne* qu'elle déconseille :

De pas mis avec rien tu fais la récidive,
Et c'est, comme on t'a dit, trop d'une négative.

Mais M. Proust, peut-être parce que son ouvrage est malgré tout un peu long, même pour lui. ne trouve probablement pas le loisir de se relire, même sur épreuves. Et cela explique aussi qu'il ne manque guère de laisser *eut* et *fut* sans accent circonflexe, au subjonctif, où cet accent s'impose, quitte à souffrir qu'on le leur inflige à l'indicatif, alors qu'ils préfèreraient s'en passer. Broutilles si l'on veut, mais qui finissent par être désobligéantes. M. Proust mépriserait-il notre langue qu'il définit comme formée d'une prononciation défectueuse de quelques autres ? Il aurait bien tort, d'autant plus qu'il la manie en maître, quand il s'en donne la peine.

Quelques marines et paysages, descriptions de pommiers en fleurs, etc..., sont de petits bijoux. Et en dehors même du pittoresque, dans l'analyse de sentiment ou d'idée, il a une finesse et une couleur dont la frappante union révèle un écrivain de premier ordre. Alors, pourquoi ces fautes et ces négligences qu'il serait facile d'éviter et qui ont l'air d'un manque d'égards envers le lecteur ? Balzac, si cher à M. Proust, remarque que les femmes n'aiment pas les « sans-soins » ; le public n'est pas fâché non plus qu'un auteur fasse un peu de toilette à son intention.

Maintenant, je vous préviens qu'il ne faut pas trop s'effrayer du titre de cette partie de l'immense roman. Ce titre emprunté aux deux villes détruites par la justice de l'Eternel, d'après la *Genèse*, et que Vigny a évoquées dans un célèbre vers pessimiste de la *Colère de Samson*, annonce un sujet assurément des plus scabreux, qui d'ailleurs n'autoriserait pas M. Proust à proclamer comme Jean-Jacques Rousseau : « Je forme une entreprise qui n'eut jamais d'exemple, et dont l'exécution n'aura point d'imitateur. » Il y en a de nombreux exemples, dans la littérature tant ancienne que moderne. Il y a le *Banquet* de Platon, la seconde *Eglogue* de Virgile, et les facéties terriblement crues, mais nettement méprisantes des poètes comiques et satiriques grecs et latins, qui jugeaient extrêmement ridicules ces mœurs aristocratiques d'origine dorienne, qu'on explique par le climat, le gymnase, l'infériorité intellectuelle des femmes dans l'antiquité ; il y a le souvenir plus ou moins légendaire de la grande Sapho, calomniée d'après M. Théodore Reinach qui la garantit normale, sinon complètement vertueuse. Et il y a les allusions directes de Saint-Simon aux goûts spéciaux de Monsieur, frère de Louis XIV (Henri III avait déjà prouvé que la garde qui veille aux barrières du Louvre n'en défend pas les rois) ; puis certains passages des *Confessions* de Jean-Jacques, *Faublas*, le Vautrin de Balzac, et sa *Fille aux yeux d'or*, *Mlle de Maupin*, et Baudelaire, et Verlaine, etc... On ne peut dire que M. Proust ne traite pas ce sujet, ou ces deux sujets parallèles et son livre n'est certes pas à l'usage des collèges et pensionnats. Mais sans être tout à fait aussi réservé que Balzac, dont je mets en fait que la *Fille aux yeux d'or* ne sera même pas comprise d'un lecteur non averti, et en appelant les choses par leurs noms, M. Proust ne perd pas le respect de sa plume et ne rivalise aucunement avec le « divin marquis » tellement surfait d'ailleurs et que l'obscénité ne sauve pas de la sottise, ni avec aucun fabricant de l'inavouable camelote pornographique qui se débite sous le manteau. M. Proust évite de nous mettre sous les yeux des scènes répugnantes. Il ne décrit pas directement les excès de ces dévoyés, mais étudie leur psychologie en fonction de leur vice. C'est très hardi, et au fond sans grand intérêt, mais plus inutile que véritablement scandaleux. Au surplus en dépit du titre un peu effarant, M. Proust, s'est gardé de consacrer ces 7 ou 800 pages à cette étude stérile et rebutante, qui reste en somme épisodique chez lui comme chez tous ses devanciers. Et c'est bien tout ce qu'elle mérite : c'est même plus qu'on ne souhaiterait. Ces trois volumes sont donc remplis pour la plus grande part, comme les précédents, d'une tout autre matière, de celle qui tient le plus au cœur de M. Marcel Proust, et sur laquelle il ne tarit jamais : à savoir la mondanité, le snobisme, tout le manège d'intrigues et de vanités qui se déroulent dans les salons élégants et parmi ceux qui aspirent à y pénétrer.

Voici donc, pour commencer, une soirée chez le prince et la princesse de Guermantes, cousins du duc et de la duchesse dont il a été abondamment parlé dans les tomes antérieurs. Le récit de cette soirée n'occupe pas moins de 130 pages. Pour le jeune héros de cette histoire, qui en est aussi le narrateur et qu'il ne faut pas confondre avec M. Proust mais qui lui ressemble bien un peu, c'est toute une affaire de trouver quelqu'un qui veuille le présenter au prince, car il ne connaît encore que la princesse, en cette période de débuts et d'apprentissage. Impossible de demander ce petit service au baron de Charlus, frère du duc de Guermantes, et cousin du prince, lequel Charlus est le principal représentant des mœurs regrettables en question. En froid avec lui, le jeune protagoniste est dans ce salon malgré lui, bien que ce despotique baron lui ait signifié qu'on n'était reçu dans le faubourg Saint-Germain qu'avec sa protection. Mais un jeune homme a pu légitimement la juger dangereuse.

Ce baron de Charlus, en dehors même de son erreur principale, sur laquelle on me saura gré de ne pas insister davantage, est un singulier bonhomme. Intelligent, intellectuel même et artiste, connaisseur en poésie et en musique, prodigieusement infatué de sa noblesse, des alliances de sa famille avec la maison de France et d'autres maisons souveraines, ayant plein la bouche de son cousin le duc de Chartres ou de son autre cousin le dernier roi de Hanovre, spirituel, sarcastique et hautain, d'ailleurs fardé et efféminé, bien que quinquagénaire, il présente encore cette particularité d'être en ses propos grossier comme pain d'orge et ordurier comme un portefaix ivre. Comme la grande et presque l'unique question qui passionne paraît-il, cette société superlativement aristocratique, est de savoir qui l'on verra ou recevra, ou non, il fulmine contre l'impertinent garçon qui lui a demandé s'il allait chez Madame de Sainte-Euverte « c'est à dire, je pense, ajoute-t-il, si j'avais la colique ». Et cela continue pendant toute une tirade en termes d'égoutier. On n'avait pas vu, dans la haute littérature, de personnage aussi féru de scatologie, depuis la mort du pamphlétaire catholique Léon Bloy. M. de Charlus méprise certainement le général Cambronne, qui n'était pas né, mais il lui emprunte son vocabulaire et ne se lasse pas d'exécuter des variations sur ce thème plus énergique que balsamique. Cela n'empêche pas le virulent baron d'avoir parfois des réparties plaisantes. Ainsi, à une bonne dame gaffeuse qui s'excuse de ne l'avoir placé qu'à sa gauche, à dîner chez elle, il répond : « Cela n'a pas d'importance *ici*. » Et comme cette même amphitryonne, qui se targue d'esprit démocratique, lui demande par défi s'il ne connaîtrait pas un noble ruiné à qui elle pût offrir d'être concierge de son hôtel, il lui décoche ceci : « Oui, mais je ne vous le conseillerais pas. Les gens qui viendraient chez vous pourraient ne pas aller plus loin que la loge. »

Un fait plus étonnant, que M. Proust affirme en

homme qui en est sûr et qui s'est documenté à bonne source, c'est que la trivialité populacière de M. de Charlus n'est pas une de ses originalités exceptionnelles, mais se rencontre fréquemment dans les sanctuaires les plus fermés du noble faubourg. Comme le héros du récit prie timidement la duchesse de Guermantes de lui faire connaître une certaine baronne Putbus, cette altière duchesse, fleur d'élégance et de bon ton, qui vit dans la familiarité quotidienne de diverses altesses royales, n'hésite pas à répliquer : « Ah ! non, çà, par exemple, je crois que vous vous fichez de moi. Je ne sais même pas par quel hasard je sais le nom de ce chameau. » Tel est, paraît-il, le langage des cours. Une grande préoccupation de M. Marcel Proust est de bien nous faire savoir qu'il regarde les gens du monde comme insignifiants, ignorants et parfaitement stupides. Je crois même qu'il exagère. On se persuade malaisément qu'un jeune comte de Surgis ne sache pas qui est Balzac ou que le duc de Guermantes ignore si Ibsen et d'Annunzio sont morts ou vivants. Il semble probable que ce monde là ressemble de ce point de vue aux autres mondes plus bourgeois, que l'intelligence et la culture y sont répandues à doses inégales, mais n'en sont pas radicalement absentes. Une condamnation sans nuances serait sans doute aussi injuste qu'une idolâtrie systématique. Un titre de duc, de prince ou de marquis n'implique pas la valeur intellectuelle mais ne l'exclut pas obligatoirement. Et il y a quelque illogisme, après cette exécution générale et sommaire, à nous entretenir infatigablement, en tant de tomes et de volumes, de ces gens présentés *a priori* comme de simples et indiscernables crétins.

Heureusement, M. Proust excelle à noter de moins contestables travers. Il a des observations très fines sur l'amabilité aristocratique, qui a pour objet de se concilier des sympathies, mais non d'être prises à la lettre. On veut bien vous traiter en égal, à condition que vous ne soyez pas dupes de cette apparence polie, et que vous respectiez les distances. M. Proust abonde aussi en remarques savoureuses sur une princesse Sherbatof, vraiment princesse, mais tarée et mise à l'index, qui déclare s'être fait une règle de ne voir personne alors que c'est pour elle une nécessité bien involontaire.

Madame Verdurin, très riche, mais roturière, et qui s'est organisé un salon artistique, faute de mieux, professe les mêmes principes, pour les mêmes raisons, et le plus drôle est qu'elle croit à la sincérité de la Sherbatof, dont le cas devrait lui être éminemment suspect, comme identique au sien. Etc..., etc... Sur toute cette même psychologie et casuistique mondaine, M. Proust est excellent, non moins qu'inépuisable et il rappelle avec presqu'autant d'agrément, Saint-Simon et Madame de Sévigné. Il est vrai pourtant que ces discussions avaient plus d'importance et de sens à Versailles sous la monarchie. Aujourd'hui elles paraissent légèrement anachroniques. Mais enfin l'on cite ce mot historique d'un grand seigneur à qui l'on recommandait un jeune homme de petite ou douteuse noblesse, mais des plus brillants ou distingués : « Grâce au ciel, nous sommes encore quelques-uns pour qui le mérite personnel ne compte pas. »

Et il y a beaucoup d'autres choses dans ces trois volumes, une histoire d'amour et de jalousie, des potins d'hôtel palace et des ragots d'office, (un peu trop), mais nous retrouverons tous ces personnages et la suite de ces récits dans les nombreux tomes qui suivront bientôt.

VI

LA MORT DE MARCEL PROUST

20 *novembre* 1922.

Le pauvre Marcel Proust vient de bien prouver, en mourant, qu'il était réellement malade. On avait fini par en douter. Il avait si souvent annoncé sa fin imminente, qu'on s'était habitué à croire qu'il irait, toujours entre la vie et la mort, jusqu'à nonante ou cent ans. Toutefois, dans une dédicace manuscrite de son dernier volume en trois tomes, il écrivait encore : « Il me semble qu'après avoir touché les abîmes, ma santé se relève. » Au moment de tout perdre, il commençait d'espérer...

C'était un être exquis, un peu étrange, qui avec ses grands yeux noirs et sa face pâle, ressemblait à un Pierrot parisien et saturnien. Il avait une sensibilité et une susceptibilité réellement maladives. Pour dissiper le moindre malentendu, littéraire ou autre, sans importance ou qui n'existait même que dans son imagination, il rédigeait des lettres de quinze ou vingt pages, toujours si urgentes à son avis qu'il les expédiait dare-dare par commissionnaire. C'était, d'ailleurs, un épistolier charmant, dont il est à espérer qu'on publiera un jour la correspondance. Il était toujours en retard, toujours pressé, toujours intarissable. Sauf peut-être pour un tout petit nombre d'intimes du premier degré, il disparaissait pendant des mois entiers. Puis un beau jour, en rentrant chez soi vers huit heures, on trouvait un chauffeur envoyé par Marcel Proust avec une invitation à dîner le soir même dans un hôtel palace. Il vous expliquait qu'après une agonie de plusieurs semaines, il s'était senti mieux vers la fin de la journée et avait voulu que sa première sortie fût pour causer *sub rosa* avec quelques amis. Il était fastueux dans ses goûts ; il aimait les milieux à la mode, les femmes élégantes, les salons aristocratiques et les grands caravansérails cosmopolites ; et il était célèbre pour l'énormité des pourboires qu'il distribuait au personnel, depuis les majestueux maîtres d'hôtel jusqu'aux plus menus chasseurs. On ne l'a guère vu dehors avant neuf heures du soir, toujours en habit ou en smoking. Il vivait la nuit, dormait ou se soignait pendant le jour, très solitaire en somme, avec de bizarres manies, notamment l'horreur du bruit et du grand air. Il avait fait tapisser de liège les murs et les plafonds de son appartement pour amortir le brouhaha de la rue et des voisins. Et l'on raconte qu'un de ses camarades qui était allé le voir chez lui, n'ayant pu s'empêcher de remarquer à mi-voix en entrant que ça sentait le renfermé, s'entendit répondre par le domestique : « Il paraît que c'est très bon pour les idées de monsieur. » Il y avait en lui quelques traits du des Esseintes de Huysmans, comme chez beaucoup d'artistes de cette génération impressionniste et symboliste à laquelle il se rattachait avec évidence.

C'était un écrivain du plus beau talent, dont la carrière avait été singulière comme sa vie privée. Il était resté presque oisif ou, du moins, il n'avait presque rien publié jusque vers l'âge de quarante-cinq ans : un volume illustré par Madeleine Lemaire, les *Plaisirs et les jours*, des traductions de deux volumes de Ruskin, et c'est tout, sauf erreur. Puis soudain, peu avant la guerre, il commença de donner son grand ouvrage : *A la recherche du temps perdu*, qui comprend actuellement cinq gros volumes dont un en trois tomes : *Du côté de chez Swann*, *A l'ombre des jeunes filles en fleur*, le *Côté de Guermantes* I et II, *Sodome et Gomorrhe* I et II ; et il annonçait, comme étant sous presse, *Sodome et Gomorrhe* III et IV, et le *Temps retrouvé*. On peut supposer qu'il l'avait longuement élaboré pendant sa période d'inaction apparente, mais cette gestation a dû se passer en rêveries et en accumulation de matériaux plus qu'en travail effectif, car sous la richesse du fonds, la rédaction semble finalement un peu improvisée. Mais Marcel Proust était un esprit si subtil et si réfléchi qu'il est bien capable d'avoir recherché volontairement cet aspect d'improvisation, comme une élégance suprême, d'ailleurs propre à donner une impression directe de vérité vécue. On n'a pas le loisir, sous le coup du chagrin causé par cette mort imprévue, quoique si souvent prédite, d'analyser ni de juger ce vaste roman à demi autobiographique, dont on a d'ailleurs examiné chaque partie au fur et à mesure de la publication. C'est un extraordinaire répertoire d'observations, de sensations et d'images, d'une acuité et d'une pénétration merveilleuses, avec un style extrêmement abondant et inégal, parfois incorrect et lâché, mais souvent aussi d'une originalité pittoresque, d'une puissance évocatrice, d'un dynamisme nerveux qui font penser à un Saint-Simon esthète et un peu féminin. Malgré quelques défauts incommodes aux lecteurs d'éducation classique, l'œuvre de Marcel Proust restera sans doute comme l'une des plus séduisantes et des plus caractéristiques de ce temps. Souhaitons que la mention « sous presse » fût scrupuleusement exacte et que le destin n'ait pas brutalement interrompu les passionnantes aventures des Guermantes et des Swann.

VII

LA PRISONNIÈRE

Voici deux volumes nouveaux de Marcel Proust. Ne pas confondre les volumes avec les tomes ; nous en sommes au sixième tome et au volume onzième ; son grand ouvrage, entièrement achevé, sinon revu et corrigé par lui jusqu'au bout, en comportera quelques autres encore. Dans son voyage à la recherche du temps perdu, Marcel Proust avait pris par le plus long. Dire que le cher garçon aura longtemps passé pour un paresseux ! Mort à cinquante ans, il laisse une œuvre considérable à tous égards ; et il faudra bien publier un jour sa vaste correspondance.

Une fois de plus, je me suis plongé avec délices dans la forêt proustienne. Ces deux volumes ressemblent aux autres, en ce sens qu'on y retrouve les mêmes qualités merveilleuses et les mêmes défauts, qui sont peu de chose par comparaison ; encore n'a-t-on plus le droit de les lui reprocher, puisqu'il n'était plus là pour écheniller ses épreuves, épurer sa syntaxe, élaguer ses longues phrases souvent compactes et broussailleuses. Mais on retrouve aussi sa vision à la fois aiguë et enchantée, cet extraordinaire cumul de deux facultés maîtresses qui pare la plus méticuleuse analyse des couleurs les plus chatoyantes ; son intarissable roman, c'est, au vrai, une féerie psychologique.

S'il n'a pas changé sa manière, il n'a pas davantage modifié son sujet, et ce sont toujours les mêmes personnages, mais renouvelés par une variété inépuisable d'observations et un flot de vie toujours jaillissante. « A mesure qu'on a plus d'esprit disait Pascal, on trouve plus de caractères originaux. » Et l'on découvre dans ceux qu'on connaissait déjà plus d'originalité, ajouterons-nous pour Marcel Proust, qui eût bien été capable de nous entretenir des Swann et des Guermantes pendant vingt ou trente volumes de plus sans se répéter. Et si cela lui était arrivé par hasard, il y aurait mis tant de charme qu'on ne s'en fût point lassé.

Les six cents pages des deux présents volumes se composent de trois chapitres : Vie en commun avec Albertine ; les Verdurin se brouillent avec M. de Charlus ; Disparition d'Albertine. Vous vous rappelez cette jeune fille en fleurs rencontrée à Balbec (lisez Cabourg) par Marcel (le héros et l'auteur, qui ne font qu'un, ou peu s'en faut, ont le même prénom). Les fleurs du mal figurent parmi celles qui pavoisent le printemps d'Albertine. Une jalousie d'une sorte exceptionnelle, mais non moins torturante que la normale, paraît-il, fait naître l'amour chez Marcel et en reste la base. Il a installé Albertine chez lui, à Paris, sous prétexte de vagues fiançailles, sans avoir précisément résolu de l'épouser, mais surtout pour la surveiller et la garder prisonnière. L'aime-t-il vraiment ? Il l'aime, lorsque ses inquiétudes sont ranimées par les mensonges et les démarches suspectes d'Albertine : dès qu'elle a réussi provisoirement à le rassurer, il se trouve lui-même captif et ne songe qu'à secouer le joug. C'est un cas fréquent et connu, mais qui n'avait jamais été étudié avec ce luxe de péripéties et de pénétrante lucidité. Maintenant, est-il vrai qu'on n'aime que les êtres en fuite, ceux qu'on ne possède pas sûrement, que l'on craint toujours de perdre et qu'on ne parvient pas à bien connaître ? Je crois que le romantisme baudelairien et doloriste de Marcel Proust généralise un peu trop. Une conception plus haute, plus sereine et plus intellectuelle de l'amour est celle de Léonard de Vinci. Mais Proust n'est pas intellectualiste.

Il lui faut du mystère, partout et à tout prix.

Le chapitre de Charlus et des Verdurin est un des plus plaisants épisodes de sa comédie mondaine. Chez ces riches bourgeois, le très noble et puissant seigneur, baron de Charlus, daigne organiser une fête ultra-aristocratique en l'honneur de son favori, le jeune violoniste Morel. Mme Verdurin se réjouit, car elle est snob : mais elle n'avait pas prévu qu'elle serait affreusement snobée. Les grandes dames du Faubourg Saint-Germain viennent bien chez elle, parce que Charlus les en a priées, mais elles affectent de ne parler qu'à Charlus et d'ignorer la maîtresse de la maison. D'où fureur de celle-ci, qui se venge du baron en le brouillant avec son violoniste bien-aimé. C'est raconté en près de deux cents pages, mais c'est impayable.

La musique du compositeur Vinteuil, que joue ce Morel, fournit Proust d'une occasion d'exprimer quelques vues sur l'art, discutables, mais captivantes. Proust sentait profondément la musique, en poète, et de l'école de Mallarmé ou de Rimbaud. Il cultive l'audition colorée. Il a des morceaux dignes d'une anthologie sur la sonate liliale de Vinteuil et son septuor écarlate, qui finit dans un brouillard violet. Mais ses théories lui viennent de Schopenhauer et de Bergson. Il va aux excès. La supériorité de l'art en général et particulièrement de la musique sur la vie réside, pour lui, dans « cet ineffable qui différencie qualitativement ce que chacun a senti et qu'il est obligé de laisser au seuil des phrases où il ne peut communiquer avec autrui qu'en se limitant à des points communs à tous et sans intérêt »... Ce qui est commun à tous est sans intérêt ? Il n'y a d'intéressant que l'individualité, laquelle ne se manifeste que dans l'art ? J'avoue que cela me semble très faux, ainsi que l'attribution aux grands artistes de sens ou d'intuitions différant absolument des nôtres et leur révélant un autre univers... Je crois que leurs facultés ne diffèrent des nôtres qu'en puissance, et non en nature ; et, plus fortement, plus magnifiquement que nous ne saurions le faire, ils n'expriment pourtant que ce qui nous est commun à tous ; sans quoi nous ne les comprendrions pas. Et ils découvrent des terres inconnues, mais qui nous deviennent tout de suite accessibles, et n'échappent pas à la loi d'unité qui compose les astres des mêmes éléments chimiques que notre planète. A plus forte raison n'est-il pas exact que les gens ordinaires aient chacun leur sensibilité unique et incommunicable. Des hommes de même âge et de même culture éprouvent les mêmes impressions devant les mêmes spectacles ; ou s'il y a des différences, elles sont peu importantes et à peine perceptibles. Toujours la manie du mystère quand même ! On peut dire que Proust a mené aux dernières limites la philosophie de l'individuel et du qualitatif. Mais celle de l'universel et du rationnel garde l'avantage, depuis Platon.

VIII

LES PLAISIRS ET LES JOURS

On a réimprimé en édition courante le premier ouvrage de Marcel Proust, les *Plaisirs et les jours*, qui avait paru en 1896 [1], dans une édition qu'on peut vraiment appeler de luxe, puisqu'elle comportait une préface d'Anatole France, des illustrations de Madeleine Lemaire, et quatre pièces pour piano de M. Reynaldo Hahn (avec facsimilé des manuscrits du compositeur). On n'a gardé de ces fastueux accessoires que la préface d'Anatole France, qui dit de Proust : « Il y a en lui du Bernardin de Saint-Pierre dépravé et du Pétrone ingénu. » Dans sa dédicace à un ami mort en 1893, Marcel Proust déclare : « Si quelques-unes de ces pages ont été écrites à vingt-trois ans,

1. 1 vol. in-8°, Calmann-Lévy, 1896.

bien d'autres datent de ma vingtième année. » Je possède même un autographe de lui, où il m'affirme qu'il n'avait que seize ans à la date de la composition du volume, et se flatte d'avoir eu déjà en ce temps « de petits dons de style ». C'est vrai. Je remarque même que ce style de son âge tendre, évidemment moins riche que celui de sa maturité, était moins encombré et plus pur. Par la suite, l'abondance de la matière à exprimer a fait éclater chez lui les formes normales de l'expression.

Dès sa première jeunesse, lui qui devait mourir à cinquante ans après une existence de valétudinaire, il était hanté par la maladie et la mort, mais s'attachait à leur trouver des charmes. « Dans la mort et même en ses approches résident des forces cachées, des aides secrètes, une grâce qui n'est pas dans la vie. Comme les amants quand ils commencent à aimer, comme les poètes dans le temps où ils chantent, les malades se sentent plus près de leur âme. » Le pauvre Marcel était un peu doloriste, mais sans pensée d'expiation. Artiste avant tout, et jusqu'aux moelles, il tâchait seulement à dégager de tous les éléments donnés, des pires comme des meilleurs, un sens de poésie et d'art.

Le dolorisme n'est donc chez Proust que partiellement baudelairien, puisque chez Baudelaire, poète et artiste aussi, mais chrétien et mystique, il était intégral. C'est pour les mêmes raisons que Proust ne croit qu'à l'amour malheureux. « Violante ne connaissait pas encore l'amour. Peu de temps après, elle en souffrit, qui est la seule manière dont on apprenne à le connaître... Dans la profondeur de son chagrin, Françoise de Breyves vit la réalité de son amour... L'amour malheureux nous rendant impossible l'expérience du bonheur nous empêche encore d'en découvrir le néant... » Les poètes et les romanciers ont découvert d'instinct, depuis longtemps, que les amours heureuses n'ont pas d'histoire. Proust est si essentiellement homme de lettres que pour lui ce qui ne fournit pas de bons thèmes littéraires n'existe certainement pas.

Ce volume se compose de nouvelles, de petits poèmes en prose et même de petits poèmes rimés, imités des *Phares* de Baudelaire, sur quelques grands peintres et musiciens : Albert Cuyp, Paul Potter, Watteau, Van Dyck, Chopin, Gluck, Schumann et Mozart. Ce sont les morceaux sur les quatre peintres qui ont inspiré à M. Reynaldo Hahn ses pièces pour piano. Proust était-il aussi poète en vers ? Moins qu'en prose, mais enfin il aurait pu s'entraîner dans cette direction.

Chopin, mer de soupirs, de larmes, de sanglots,
Qu'un vol de papillons sans se poser traverse...

Sans doute, cela ne vaut pas le fameux « Delacroix, lac de sang... », mais ce n'est pas trop mal trouvé, non plus que ce vers du *Watteau* :

Le vague devient tendre, et le tout près, lointain.

Le conte de *Baldassare Silvande, vicomte de Sylvanie*, atteint de paralysie générale, et qui se sait condamné trois ans d'avance, mais ne renonce pas d'abord à ses plaisirs, montre l'humanité « marchant à la mort à reculons, en regardant la vie ». Un jeune neveu de treize ou quatorze ans, enfant de nature très affectueuse, s'est désespéré lorsqu'il a su que ce bon parent mourrait dans trois ans. Puis « il s'était habitué à la maladie mortelle de son oncle comme à tout ce qui dure autour de nous, et... il avait agi avec lui comme avec un mort, il avait commencé à l'oublier ». La « conspiration de douceur » dont on entoure le moribond n'empêche pas Proust d'apercevoir les côtés atroces des sentiments humains et de la destinée.

Il était parfois un peu shakespearien. Il a pris pour une de ses épigraphes la célèbre tirade de *Macbeth*, qui trop souvent semble entièrement vraie : « *Out, out, brief candle* ! Eteins-toi, court flambeau ! La vie n'est qu'une ombre errante, un pauvre comédien qui se pavane et se lamente pendant son heure sur le théâtre et qu'après on n'entend plus ; c'est un conte, dit par un idiot, plein de fracas et de furie, et qui ne signifie rien. » Il y avait aussi chez Proust du freudisme, avant Freud : « Ces anges exterminateurs qu'on appelle Volonté, Pensée, n'étaient plus là pour faire rentrer dans l'ombre les mauvais esprits de ses sens et les basses émanations de sa mémoire. » Mais la théorie du refoulement est une découverte vieille comme les rues.

Violante, fille du vicomte de Styrie, aurait adoré Laurence s'il ne s'était montré vil ; mais ce n'est pas la grandeur morale qui rend aimable. Elle épouse le duc de Bohême, sans amour. Elle sait qu'on ne trouve le bonheur qu'à faire ce qu'on aime avec les tendances profondes de son âme, mais qu'on en trouve rarement l'emploi. Elle se voue aux succès mondains, par désœuvrement, et s'y acharne par habitude. « Les personnes du monde sont si médiocres, que Violante n'eut qu'à daigner se mêler à elles pour les éclipser toutes. » Cette médiocrité des gens du monde hante déjà Proust, qui n'en consacrera pas moins une bonne partie de son œuvre à les étudier dans le plus grand détail. Je crois d'ailleurs que la médiocrité humaine est générale, et que le monde se borne à ne pas faire exception autant que les naïfs se l'imaginent.

Sur le snobisme, déjà Proust ne tarit pas. Je vous recommande son portrait d'Elianthe, qui « jeune, belle, riche, aimée d'amis et d'amoureux, implore sans relâche et souffre sans impatience les rebuffades d'hommes parfois laids, vieux et stupides, qu'elle connaît à peine, travaille pour leur plaire comme au bagne, se rend à force de soins leur amie, s'ils sont pauvres leur soutien, sensuels leur maîtresse... Quel crime a donc commis Elianthe et qui sont ces magistrats redoutables qu'il lui faut à tout prix acheter ?... Pourtant Elianthe n'a commis aucun crime. Les juges qu'elle s'obstine à corrompre ne songeaient guère à elle... Mais une terrible malédiction est sur elle : elle est snob ». Sauf ce mot, inconnu au dix-septième siècle, on dirait du La Bruyère. Proust remarque que le snobisme est le travers qu'on avoue le moins, parce que ce serait l'aveu d'une dépendance et d'une infériorité. En était-il atteint lui-même ? On l'a dit, et quelques apparences sont contre lui. Je pense qu'il se rendait compte de sa valeur, mais qu'il était curieux d'un champ d'observation assez fécond, et séduit par le spectacle que la vie élégante offre à un œil affiné : il se plaisait dans le monde comme Degas au foyer de la danse.

Il est très préoccupé de ce fait que les femmes réalisent la beauté sans la comprendre ; que telle qui méritait d'être peinte par Whistler ne se trouvera ressemblante que si elle l'est par Bouguereau. Il considère aussi que « loin d'être les oracles des modes de l'esprit, elles en sont plutôt les perroquets attardés ». Du reste, il leur est difficile de contenter l'autre sexe. La maîtresse de Fabrice était intelligente et belle : il ne pouvait s'en consoler, et s'écriait en gémissant : « Sa beauté m'est gâtée par son intelligence ; m'éprendrais-je encore de la Joconde chaque fois que je la regarde, si je devais dans le même temps entendre la dissertation d'un critique, même exquis ? » Il la quitta pour une autre qui était belle et sans esprit. Par son manque de tact, elle gâtait tout son charme ; puis elle prétendit aussi au rang d'intellectuelle et devint ridiculement pédante. Il en connut enfin une troisième, chez qui l'intelligence naturelle ne se trahissait que par une grâce plus subtile ; mais elle ne prit point la peine de faire pour lui ce qu'avaient fait les deux autres : elle négligea de l'aimer.

L'amour, si décevant, est d'abord inexplicable. M. de Laléande n'est ni beau ni intelligent : c'est donc bien pour lui que Mme de Breyves l'aime, non pour des mérites ou des attraits qu'on pourrait trouver à un aussi haut degré chez d'autres. Si elle l'aimait pour sa beauté ou pour son esprit, elle pourrait se consoler avec un jeune homme plus spirituel ou plus beau. Son mal est sans remède, parce qu'il est sans raison *(Mélancolique villégiature)*. Mais l'approche de la mort spiritualise tout l'être et l'affranchit de l'amour charnel. *(La fin de la jalousie.)*

Il y a quelques intermèdes littéraires. Bouvard et Pécuchet, désirant aller dans le monde, étudient la littérature et la musique contemporaines, pour avoir des sujets de conversation. Mais ils trouvent Leconte de Lisle trop impassible, Verlaine trop sensitif. Henri de Régnier leur paraît un fumiste ou un fou (nous sommes en période symboliste). Mallarmé n'a pas de talent, ce n'est qu'un brillant causeur. Ils parodient Maeterlinck, dont « la syntaxe est misérable. » Puis, faisant quelques progrès, comme dans Flaubert, ils jugent que Lemaître, malgré tout son esprit, reste un peu bourgeois ; que Bourget « est profond, mais possède une forme affligeante ». Tout n'est pas faux là-dedans. En musique, Pécuchet demeure fidèle au vieil opéra-comique, genre éminemment national, mais Bouvard est wagnérien. Il l'est même avec intransigeance, et ne supporte pas *Tannhauser* ni *Lohengrin*. Beethoven lui paraît considérable, quoique moindre qu'Erik Satie (on parlait déjà d'Erik Satie en 1896) ; il estime que Saint-Saëns manque de fond et Massenet de forme... Pour Saint-Saëns, grand classique un peu froid, il n'avait pas tout à fait tort ; mais le malheur de Massenet, qui n'écrit pas mal, est surtout d'avoir eu une cervelle de midinette... Dans *Un dîner en ville*, deux invités sont placés l'un près de l'autre, par maladroite bonne intention, parce qu'ils s'occupaient tous deux de littérature. « Mais à cette première raison de se haïr, ils en ajoutaient une plus particulière. » Le plus âgé de ces deux hommes de lettres, hypnotisé par MM. Paul Desjardins et de Vogüé, méprisait le plus jeune, disciple de Maurice Barrès, qui le regardait avec ironie. Voilà qui est documentaire ; il y eut un temps, en effet, où Barrès passait pour subversif. La querelle que les intégristes lui cherchèrent à propos du *Jardin sur l'Oronte*, a dû, comme on dit, le rajeunir.... Où je ne puis suivre Proust, c'est dans son « éloge de la mauvaise musique », d'après lui vénérable à cause des rêves qu'elle a suscités et des larmes qu'elle a fait répandre. En effet, d'insipides romances ont touché plus de cœurs que les merveilles moins accessibles de l'art véritable. Tant pis ! Je veux bien sympathiser avec ces cœurs émus, mais de loin et dans le silence ; s'il me faut subir la musique qui les enchante je les prends en grippe, je dois l'avouer, quitte à passer pour plus farouchement esthète que le pauvre Proust, à qui l'on ne soupçonnait peut-être pas cet arrière-fond sentimental. Mais il était sans doute moins musicien que lettré ; je ne suppose pas que le mélodrame et le roman-feuilleton où Margot a pleuré l'eussent si indulgemment attendri.

IX

ALBERTINE DISPARUE

Vous vous rappelez Albertine, une des jeunes filles en fleurs de Balbec, que Marcel avait installée chez lui et qu'il tenait en chartre privée (la *Prisonnière)*. Albertine est partie ! Elle a rejoint sa tante Bontemps, en Touraine, et ne veut plus rien savoir. C'est la séparation. Le premier des deux volumes posthumes qu'on nous donne aujourd'hui analyse longuement le chagrin de celui qu'elle a quitté.

Il commence, suivant la manie actuelle, par s'en prendre à l'intelligence, qui n'en peut mais. Accordons-lui tout au plus que la sienne fut en défaut. Il avait cru qu'il n'aimait plus Albertine. Il s'aperçoit qu'il souffre cruellement. Cela prouve qu'il s'était trompé, mais avec une intelligence plus pénétrante et plus experte, il n'eût pas commis cette erreur. Son cas n'a rien de bien particulier. Ne pas tenir à ce qu'on possède, et le regretter dès qu'on l'a perdu, c'est classique. Il pensait avoir « des raisons logiques d'être rassuré », il veut dire de juger impossible cette rupture, qu'il craignait donc, ce qui aurait dû suffire à lui démontrer rationnellement qu'il aimait la jeune fille. Sa logique était courte et il raisonnait mal. On n'en conclura pas avec lui qu'il n'y ait aucun moyen de bien raisonner. Proust est antiintellectualiste et partisan de l'intuition. Mais puisqu'il n'a prévu ni ce qui allait lui arriver, ni l'émotion qu'il ressentirait de cet événement, on constate qu'il n'a pas été mieux servi par ses intuitions que par les opérations de son intellect. Sa préférence pour les premières apparaît donc comme toute gratuite et uniquement déterminée par la mode. C'est un cliché qui avait cours lorsqu'il composait son vaste roman et qui garde encore du crédit. Voilà tout. Proust avait des parties de grand écrivain, mais, purement impressionniste, il était incapable de penser par lui-même, et son idéologie ne vaut rien.

Il a eu quelque lueur des théories de Taine et de Ribot sur les dédoublements et le phénoménisme de la personnalité. Il les pousse à des excès comiques. Parce que sa douleur se renouvelle selon les circonstances qui lui rappellent de doux souvenirs et avivent ses regrets, il considère qu'« à chaque instant il y avait quelqu'un des innombrables et humbles *moi* qui nous composent qui était ignorant encore du départ d'Albertine et à qui il fallait le notifier... Par exemple (je n'avais pas songé que c'était le jour du coiffeur) le moi que j'étais quand je me faisais couper les cheveux. J'avais oublié ce moi-là, son arrivée fit éclater mes sanglots... » Et il y a le moi qui s'assied pour la première fois dans certain fauteuil en l'absence d'Albertine, le moi qui aperçoit le piano dont les mules d'Albertine ne presseront plus les pédales ; il y aura des moi différents pour chaque saison et chaque heure du jour, qui contempleront sous divers éclairages et en postures diverses les moi non moins innombrables de la fugitive... Autant vaudrait dire qu'à déjeuner ce n'est pas le même moi qui avale l'œuf à la coque et le bifteck aux pommes, y ajoute du sel ou du poivre, coupe du pain et boit un verre d'eau rougie ; ou qu'il faut un nouveau moi à chaque pas pour traverser la rue, à chaque mot d'une conversation et à chaque geste (si l'on fait des gestes), etc. Au fond, ces évocations successives d'un cher passé, c'est tout bonnement le thème bien connu du *Lac*, du *Souvenir* et de la *Tristesse d'Olympio*, développé en forme cinématographique. La virtuosité de Proust s'y joue brillamment. Mais il était inutile d'y mêler une thèse de psychologie et surtout de l'exagérer jusqu'à l'absurde.

Proust est subjectiviste. D'après lui, l'objet aimé compte peu dans l'amour. « Je ne voyais même pas devant ma pensée l'image de cette Albertine, cause pourtant d'un tel bouleversement de mon être, je n'apercevais pas son corps... Peut-être y a-t-il un symbole et une vérité dans la place infime tenue dans notre anxiété par celle à qui nous la rapportons. C'est qu'en effet sa personne même y est pour peu de chose ; pour presque tout le processus d'émotions, d'angoisses que tels hasards nous ont fait jadis éprouver à propos d'elle et que l'habitude a attaché à elle. » Cependant c'est bien elle qui a déclenché ce processus, dont Pailleron aurait souri ; cela lui assigne une certaine importance ; et ce n'est pas sans motif qu'en amour on est habituellement deux (quelquefois trois, disait Dumas fils) [1]. « Albertine n'était, comme une pierre autour de laquelle il a neigé, que le centre générateur d'une immense construction qui passait par le plan de mon cœur. » Les métaphores ne se suivent pas très bien : la pierre sur laquelle il a neigé n'a pas engendré cette neige. Peu importe, mais la théorie dont Proust semble s'attribuer la découverte n'est autre que celle de la cristallisation. Je crois que Stendhal conserve ici quelques avantages, outre celui de la priorité. Mais voici

1. Proust le redira à l'occasion, mais dans un sens encore moins innocent.

une bonne phrase de Proust : « Laissons les jolies filles aux hommes sans imagination. » Piquant, bien qu'un peu paradoxal.

Cependant, de quoi l'amour naît-il, si ce n'est pas des attraits propres de l'objet et de leurs affinités avec la nature du sujet aimant ? Proust est algomane. D'après lui, l'amour est toujours enfanté dans la douleur et ne subsiste qu'à la même condition. On n'aime d'abord que s'il y a un obstacle ; on ne continue d'aimer que qui vous fait souffrir. Et c'est fort bien ainsi. « Je sentais bien que la recherche du bonheur dans la satisfaction du désir moral était quelque chose d'aussi naïf que l'entreprise d'atteindre l'horizon en marchant devant soi. Plus le désir avance, plus la possession véritable s'éloigne. De sorte que si le bonheur ou du moins l'absence de souffrances peut être trouvé, ce n'est pas la satisfaction, mais la réduction progressive, l'extinction finale du désir qu'il faut chercher. » Voyez Schopenhauer, que, bien entendu, Proust ne cite pas. D'ailleurs, pour sa part, il préfère le bûcher à cette extinction des feux. Il s'ennuyait avec Albertine, quand elle était avec lui, excepté lorsqu'elle le tourmentait. Aujourd'hui, il souffre mille morts parce qu'elle s'est évadée, mais il redoute par-dessus tout l'oubli qui le guérirait. Il estime même qu' « une femme est d'une plus grande utilité pour notre vie si elle y est, au lieu d'un élément de bonheur, un instrument de chagrin ; et il n'y en a pas une seule dont la possession soit aussi précieuse que celle des vérités qu'elle nous découvre en nous faisant souffrir. » A parler franc, les vérités que la cruelle Albertine dévoile à sa victime ne sont pas absolument inédites pour nous. Mais vous connaissez le point de vue subjectiviste : on ne connaît que celles qu'on a éprouvées soi-même, la vie seule nous instruit et tout est neuf pour chaque individu nouveau...

C'est admissible en ce sens que la science théorique ne dispense pas de l'expérience directe dans l'ordinaire de la vie. Aussi les romanciers peuvent-ils éternellement nous intéresser à des personnages dont le caractère doit sa nouveauté aux contingences concrètes, encore que parfaitement conforme dans ses lignes générales à des lois scientifiquement établies. Mais Proust a la prétention de dégager et de formuler ces lois. Alors, tantôt il invente ce que tout le monde sait, tantôt il ne sort des sentiers battus que pour tomber dans le paradoxe. Par exemple, il déclarera que les « êtres ont un développement en nous, mais un autre hors de nous, et qui ne laissent pas d'avoir des réactions l'un sur l'autre ». ce qui ne nous apprend pas grand chose, mais contredit son subjectivisme absolu. Il professera qu' « un fait objectif, tel qu'une image, est différent selon l'état intérieur avec lequel on l'aborde » ; on le savait. Voulant nous faire comprendre qu'Albertine pouvait le rendre heureux, il écrit : « L'idée de son unicité n'était plus un *a priori* métaphysique puisé dans ce qu'Albertine avait d'individuel, comme jadis pour les passantes, mais un *a posteriori* constitué par l'imbrication contingente et indissoluble de mes souvenirs. » La phrase est un peu rude : l'idée, assez simple. Il nous a révélé solennellement qu' « il est difficile de savoir la vérité dans la vie », ou que « la vérité et la vie sont bien ardues », ou qu' « un jeune homme qui a longtemps vécu avec une femme n'est pas aussi inexpérimenté que le... coquebin [1] pour qui celle qu'il épouse est la première ». On s'en doutait et cela fait un peu de peine de voir un écrivain par ailleurs si original que la manie de théoriser conduit à de pareils truismes.

Quant aux paradoxes, nous en avons déjà vu quelques-uns. C'est vrai que les antagonismes, les inquiétudes et les chagrins activent souvent l'amour, mais comment Proust peut-il prétendre que « le désir allant toujours vers ce qui nous est le plus opposé nous force d'aimer ce qui nous fera souffrir », et qu' « on a tort de parler en amour de mauvais choix, puisque dès qu'il y a choix, il ne peut être

1. Je change un mot.

que mauvais » ? Et pourquoi semble-t-il s'en réjouir ? N'y a-t-il donc point d'amours heureuses, ni de couples assortis et moralement égaux ? Notez qu'il ne parle pas seulement d'empêchements extérieurs, qu'il veut qu'il y ait toujours une lutte et presque de la haine entre les amants. Or, il y a Hermione et Pyrrhus, Phèdre et Hippolyte, mais aussi Tristan et Yseult, Roméo et Juliette, Paolo et Francesca, sans compter ceux dont l'amour n'étant combattu ni du dehors, ni du dedans, n'a pas d'histoire. La conception doloriste de Proust révèle cette inaptitude à l'amour véritable que l'on aperçoit si nettement, dans le livre de M. Maurice Donnay, chez Musset et George Sand, lesquels s'aimèrent l'un l'autre, mais jamais en même temps, chacun d'eux n'aimant que lorsque son partenaire était infidèle ou excédé. Il y a des gens ainsi faits. Le tort de Proust est de généraliser.

De ce que l'amour fait qu'on s'intéresse à l'intelligence même un peu limitée de la femme qu'on aime, il ne résulte pas qu'on trouve avec elle plus de plaisir intellectuel que dans la lecture des chefs-d'œuvre ou les entretiens d'un homme de génie, et que Proust soit fondé à dire : « Un simple croissant, mais que nous mangeons, nous fait éprouver plus de plaisir que tous les ortolans, lapereaux et bartavelles qui furent servis à Louis XV... » La comparaison est fausse, puisque dans le premier terme il s'agissait de deux plaisirs différents (plaisir d'amour, plaisir d'esprit) et que dans le second il s'agit du même. Mais la disparate est significative. Pour Marcel Proust et ceux de son école, l'intelligence n'existe pas à l'état pur et ne s'exerce que dans l'action et le sentiment, par conséquent davantage dans l'influence sentimentale qu'on tâche de prendre sur une femme que dans les enseignements qu'on recevrait d'un maître, s'ils consentaient qu'il y eût des maîtres. « Il n'y a pas, dit Proust, une idée qui ne porte en elle sa réfutation possible... » Quel mépris de la science positive et rationnelle, dont les démonstrations déductives ou expérimentales sont sans réplique ! Voire du simple esprit critique appliqué à l'histoire, à la littérature, aux arts, à la conduite de la vie, et qui, sans comporter le même genre de preuves, fait cependant la lumière sur tant de points pour tout cerveau normal. Nos modernistes, subjectivistes, mystiques et dadaïstes trouvent des commodités à un scepticisme radical, bien différent de celui des anciens Grecs qui ne le soutenaient qu'en métaphysique, non dans le domaine positif, comme l'a montré Victor Brochard. « A chacun sa vérité ! » proclame Pirandello. Au bout de ce fossé, l'anarchie ou l'obscurantisme...

Une remarque assez pénétrante de Proust, c'est

que la facilité avec laquelle les gens trahissent les secrets des morts ou même les diffament indique qu'en somme on ne croit guère à la vie future, puisque, si l'on y croyait, on craindrait leurs vengeances ou du moins la honte d'avoir à paraître plus tard devant eux. Je suis persuadé pourtant que la plupart de ces gens y croient, et qu'ils sont tout bonnement plus illogiques en cela que Proust lui-même n'a coutume de l'être : car tout arrive... Une autre observation piquante a trait au désir d'immortalité, qu'il enregistre néanmoins, dans un autre passage, comme à peu près universel : on oublie et l'on cesse d'aimer une maîtresse au bout d'un certain temps, si on cesse de la voir, mais on souhaite de survivre parce qu'on n'est jamais séparé de soi-même (ce qui, d'ailleurs, dément la doctrine des innombrables *moi*). « Notre amour de la vie n'est qu'une vieille liaison dont nous ne savons pas nous débarrasser. Sa force est dans sa permanence. » Voilà qui est spirituel. Et puis patatras ! « La mort qui la rompt, conclut Proust, nous guérira du désir de l'immortalité. » En effet, si nous tombons dans le néant ! Mais nous ne serons plus là pour renoncer à ce désir, jouir de cette guérison, ni donner notre avis. La fine ironie trébuche dans la calinotade.

J'ai trop insisté peut-être sur ces faiblesses, mais elles tiennent beaucoup de place, et certains regardent Proust comme un grand penseur, un profond psychologue, un rénovateur de l'éthique, de l'esthétique et de tout ce qui s'ensuit. Il n'est rien de tout cela, ni en rien plus philosophe que les Goncourt, à qui je me suis permis de le comparer, sans méconnaître les différences qui sont pour une bonne part celles des temps. Comme les Goncourt, à défaut du génie philosophique, il a d'autres dons, qui suffisent à une gloire littéraire et justifient la sienne.

Ces deux nouveaux volumes n'ont pas tout l'éclat des meilleurs entre les précédents, il en faut convenir, c'est-à-dire notamment de *Du côté de chez Swann*, d'*A l'ombre des jeunes filles en fleurs* et de certaines pages de la *Prisonnière*, comme le fameux sommeil d'Albertine, ni l'amusement de certains chapitres de comédie tels que le dîner chez les Guermantes et la soirée chez Mme Verdurin si magistralement « snobée » par M. de Charlus. Proust se répète un peu. Dans le second volume d'*Albertine disparue*, nous voyons reparaître avec un certain soulagement — car cette Albertine dont la fuite et la mort remplissent tout le premier volume commençait à nous fatiguer — nos vieilles connaissances le duc et la duchesse de Guermantes, Mme de Villeparisis et M. de Norpois, et la fille de Swann, Gilberte, qui épouse Robert de Saint-Loup, tandis que le jeune M. de Cambremer se marie avec Mlle Jupien, la nièce du giletier protégé par M. de Charlus, qui adopte cette jeune fille du peuple et lui donne le titre de Mlle d'Oloron, etc., etc. Mais Proust ne renouvelle pas beaucoup plus ses effets que son personnel, ou du moins les traits nouveaux qu'il introduit sont souvent désobligeants et difficiles à définir en langage honnête. Vous saviez déjà de quelle sorte d'infidélités était soupçonnée Albertine. Cela s'étale tout le long de ces deux volumes, avec d'étranges complications et de fâcheux détails. J'aime mieux ne pas dire ce que devient Saint-Loup, qu'on n'eût pas cru capable d'une telle volte-face. Tous les vices foisonnent et grouillent ici, sans aucun voile et avec une espèce de candeur. C'est là-dessus que je ne puis insister.

Et malgré bien des défauts, que le pauvre Proust eût certainement corrigés ou atténués si la mort ne le lui avait interdit, il reste beaucoup de merveilles, auxquelles il aurait encore ajouté... Pour n'en citer qu'une, qui tient en quelques lignes, je vous recommande le clair de lune du premier chapitre, page 104.

X

SOUVENIRS SUR MARCEL PROUST

M. Robert Dreyfus publie à la *Revue de France* d'intéressants souvenirs sur *Marcel Proust au lycée Condorcet*, avec des lettres inédites. En 1888, Proust sort de rhétorique et donne à M. Robert Dreyfus, qui allait y entrer, son opinion autorisée sur divers professeurs. Assez bon élève, malgré sa santé et sa fantaisie, il avait eu un premier prix de composition française *(nouveaux)*, un accessit de latin, un de grec. En philosophie, il aura le prix d'honneur de dissertation française, ce qui ne laisse pas de nous étonner un peu : nous sommes moins étonnés d'apprendre qu'il n'a jamais mordu aux mathématiques. Cet écrivain si original et si brillant aura toujours d'étranges façons de raisonner. Ses silhouettes de professeur sont amusantes. Celui qu'il préfère est Maxime Gaucher, que le public a connu comme critique littéraire à la *Revue bleue*, et qui avait aussi pour Proust une prédilection bien explicable, allant jusqu'à la faiblesse. Il répliqua vertement à l'inspecteur général Eugène Manuel, qui critiquait les obscurités et les incorrections d'une composition de Proust : « Monsieur l'inspecteur général, lui dit-il, aucun de mes élèves n'écrit un français de manuel. » Le calembour était peut-être de trop... Nous ne possédons pas le texte, mais tout médiocre poète qu'il était, Eugène Manuel n'avait probablement pas tort d'y relever des fautes. Et l'on conçoit qu'un professeur s'attache à un élève manifestement bien doué, mais nous regretterons toujours que Maxime Gaucher n'ait pas enseigné à Marcel Proust le respect de la grammaire. Il a sa part de responsabilité dans une tare qui gâte un peu cette œuvre si séduisante et si belle par ailleurs.

Les principaux camarades de Proust, à cette époque, ou de M. Robert Dreyfus, étaient Daniel Halévy, Jacques Bizet, Henri Rabaud, Jacques Baignières, Robert de Flers, Louis de la Salle, Fernand Gregh. Il ne les choisissait pas mal. Il était avec eux excessivement gentil, d'une gentillesse qu'ils trouvaient presque accablante, et en même temps prodigieusement susceptible. Il n'avait pas changé, et ces deux traits de son caractère persistaient lorsque nous avons fait sa connaissance, vingt-cinq ans après. Lorsqu'on avait écrit sur lui un article qu'on croyait très élogieux, il vous prodiguait les marques d'une reconnaissance éperdue et, simultanément, d'infinies doléances sur le malheur qu'il attribuait à son ouvrage de n'avoir su vous plaire. Dans sa jeunesse, cette humeur inquiète, ombrageuse et fiévreuse, déterminait des malentendus, heureusement sans gravité. Mais pouvait-on se fâcher ? Malgré ses petites manies et ses menus travers, il était charmant. A peine sorti du lycée, M. Robert Dreyfus nous le montre qui se répand dans le monde, à ses amis préférant leurs mères, du moins si elles avaient un salon, comme Mme Baïgnères ou Mme Emile Straus, — et aussi dans le demi-monde, où il fut le chouchou de celle que M. Paul Bourget a dépeinte dans une de ses plus jolies nouvelles sous le nom de Gladys Harvey (en réalité Laure Heymann) et d'une autre, nommée Clomesnil, moins connue dans l'histoire, lesquelles lui ont fourni des traits pour son héroïne Odette de Crécy, qui devient Mme Swann. Gladys Harvey l'appelait « mon petit Saxe psychologique ». Ses camarades blâmaient cette dissipation mondaine et demi-mondaine — le péril rose ! En fait, il travaillait. M. Robert Dreyfus accorde qu'il était peut-être un peu snob. Fortuné snobisme, qui lui a permis d'accumuler pendant un quart de siècle les matériaux de son œuvre.

M. Louis de Robert fait connaître d'autres lettres inédites dans une plaquette intitulée : *Comment débuta Marcel Proust*. Nous voici en 1912 ou 1913. Le roman est écrit, au moins en partie, car s'il formait un tout, déjà considérable, il devait énormément s'allonger. Proust a déjà la matière d'environ trois gros volumes. Il s'agit de trouver un éditeur. Malgré les relations et les protections dont il disposait, notamment celles de Gaston Calmette et de M. Louis de Robert lui-même, ce ne fut pas facile. Refusé partout, Proust se décide à faire les frais de l'édition. *Du côté de chez Swann* paraît, chez Grasset, dans le dernier trimestre de 1913, à compte d'auteur. Cinq cent vingt-trois pages bien tassées (nous avons naturellement conservé notre exemplaire) et la feuille de garde annonçait la fin de l'ouvrage en deux autres tomes, pour paraître en 1914. D'où il résulte que des volumes entiers, qui s'y ajouteront ne sont que de simples « béquets ». On voit dans ces lettres à M. Louis de Robert, qui se montra le plus serviable et le plus dévoué des amis, que Proust admirait ardemment M. Francis Jammes, et ne goûtait pas du tout Péguy. Il avait tort sur le second point. On aperçoit aussi qu'il se flatte d'avoir composé très sévèrement son grand ouvrage, et de n'y avoir donné que des détails d'où se dégagent de profondes lois psychologiques, invisibles pour l'intelligence. Mais cela nous entraînerait trop loin. Nous allons prochainement retrouver Proust, puisqu'on annonce deux nouveaux volumes qui ne terminent pas encore la série.

***

M. Robert Dreyfus a connu Proust enfant. Il a joué avec lui aux Champs-Élysées. Il sait qui est Gilberte, mais ne le dit pas. Ses *Souvenirs sur Marcel Proust* sont déjà des plus captivants : que serait-ce s'il disait tout ! Il le retrouva au lycée Condorcet. Proust eut, en rhétorique, un premier prix de composition française, et l'année suivante le prix d'honneur de philosophie. « On n'est pas étonné non plus, dit M. Robert Dreyfus, qu'en mathématiques il ait moins bien réussi... » A lire aujourd'hui Marcel Proust, on ne s'en étonne pas, en effet, car l'esprit mathématique est inséparable de l'esprit philosophique, dont il nous paraît fort dépourvu. Son prix de philosophie surprendrait davantage, si l'on ne savait qu'il a pu l'obtenir par ces qualités purement littéraires qu'il possédait déjà en surabondance. M. Robert Dreyfus remarque qu'il ne datait jamais ses lettres : indice bien connu du manque de précision et de soin. Marcel Proust sera un délicieux fantaisiste, un peu féminin, et un artiste extraordinaire, mais il sera difficile de le prendre au sérieux comme penseur. C'est également l'avis de M. Camille Vettard, qui publie lui aussi des *Lettres* de Marcel Proust, encadrées de quelques essais intéressants. Il le définit comme un hyper-émotif, un grand nerveux, et le compare à Thomas de Quincey. (Mais pourquoi, incidemment, M. Camille Vettard signale-t-il chez celui qu'il appelle l'admirable Chesterton la « jubilation de l'esprit qui comprend » ? Il y a bien des raisons de ne pas admirer Chesterton, dont la principale est qu'il ne comprend presque rien.)

Dans son passionnant « Cahier vert », M. Robert Dreyfus avoue que ni lui, ni les autres camarades de Proust à Condorcet n'avaient prévu son éclatante fortune. Il ajoute que ni lui encore, ni beaucoup de critiques ne furent plus clairvoyants lorsque parut *Du côté de chez Swann*, auquel il veut bien rappeler que nous consacrâmes tout de suite tout un feuilleton, fort élogieux, dès la publication de ce premier volume, en décembre 1913. C'est que Proust, avec des beautés très originales, ne laisse pas d'avoir des défauts dont on conçoit que beaucoup de lecteurs aient été rebutés au début. Pour passer là-dessus et faire l'effort nécessaire, on veut être sûr que cela en vaut la peine. La plupart des professionnels ressemblent aux profanes en ce point.

Tout le monde n'est pas né explorateur... Pour les camarades de la jeunesse de Marcel, comment l'auraient-ils deviné ? Ses dons merveilleux étaient de ceux qui ne pouvaient se développer pleinement que plus tard, lorsqu'il aurait une matière où les appliquer. Un mathématicien de génie peut le prouver à vingt ans, parce qu'il crée dans l'abstrait. Un Proust, uniquement voué au concret, n'en pouvait tirer ses prestiges avant de le bien connaître. Ses camarades se trompèrent en le considérant comme un simple snob et en lui tenant un peu rigueur de les lâcher pour les salons. Mais cette méprise résultait de la précédente. Ils ne pouvaient savoir que Marcel n'allait pas dans le monde seulement par un goût précoce de frivolité brillante, mais par la volonté ou l'instinct de butiner les observations dont il ferait plus tard les féeries vécues du *Temps perdu* et *retrouvé*. Le savait-il lui-même ? Dans quelle mesure était-il déjà fixé sur sa vocation ? Les *Souvenirs* de M. Robert Dreyfus ne nous l'apprennent pas.

Ils nous montrent le Marcel Proust charmant, mais complexe, versatile et ombrageux, que nous n'avons connu pour notre part que bien longtemps après. Ses innombrables et copieuses lettres étaient toujours pleines de grâce, de gentillesse et de câlinerie. M. Robert Dreyfus en publie un grand nombre, qu'on lira avec plaisir. Sa tendresse pour ses amis s'y emporte en hyperboles. Il abuse étrangement des grands mots : *génie*, *grand poète*, *grand philosophe*, *profonde admiration*, etc... A M. Robert Dreyfus, qui est naturellement trop fin pour n'en pas rire, il écrit : « Tu as la culture de Gœthe et le style de Stendhal... » Et avec cela ? D'ailleurs, il ne se prive pas de faire des critiques, même sur la langue, et c'est assez piquant, attendu que lui-même il avait peut-être du génie, mais ni syntaxe, ni orthographe. Avec toutes ces formes caressantes et humbles, il ne laissait pas d'être très susceptible et très exigeant. Il organisait magistralement sa réclame, assiégeait les journaux de demandes d'articles sur ses livres, et ne trouvait jamais que ce qu'on faisait fût suffisant, ni imprimé en assez gros caractères, etc... (Celui qui écrit ces lignes doit pourtant reconnaître que Proust, qu'au surplus il ne connaissait pas personnellement en 1913, ne lui a rien demandé ni fait demander pour *Swann.)* On voit aussi dans cette correspondance que fort bien pensant vers 1890, Proust était devenu par la suite assez parpaillot. Mais tant d'autres aujourd'hui se convertissent dans l'autre sens qu'on ne peut lui en vouloir de faire exception.

***

Mme la duchesse de Clermont-Tonnerre publie ses souvenirs personnels sur Robert de Montesquiou et Marcel Proust, avec plusieurs lettres inédites de l'un et de l'autre, qui ne manqueront pas de piquer les curiosités. Je crois que Mme de Clermont-Tonnerre a raison d'apercevoir une influence de Montesquiou sur Proust, et aussi de proclamer la supériorité de Proust sur Montesquiou. Mais elle a tort de dire que *Du côté de chez Swann*, paru en novembre 1913, n'eut alors que trois articles, dus à MM. Lucien Daudet, Jacques-Émile Blanche et Francis de Miomandre. Il en a paru au moins un quatrième, à ma connaissance, aussitôt après la publication du volume et avant le 1er janvier 1914.

XI

MARCEL PROUST ET LA CRITIQUE

M. Léon-Pierre-Quint a consacré tout un volume à Marcel Proust. Ce n'est pas trop. L'importance de Proust, dont M. Pierre-Quint veut bien rappeler que j'ai été des premiers à m'apercevoir, est généralement reconnue aujourd'hui, et son succès ne cesse de grandir. Il a maintenant des fanatiques, en France et à l'étranger. Et comme toujours, certains tombent d'un excès dans l'autre. M. Pierre-Quint n'évite pas absolument l'hyperbole, par exemple lorsqu'il affirme que les phrases de Proust sont toujours correctes. Peut-être insiste-il un peu trop sur l'originalité psychologique et philosophique de Proust, laquelle me semble, je l'avoue, sujette à caution. Ses idées ne sont pas nouvelles, et souvent elles sont fausses. Ce que l'on peut concéder, c'est que le bergsonisme et le freudisme n'avaient pas encore été exploités littérairement avant lui d'une façon aussi méthodique et aussi brillante. Mais finalement M. Pierre-Quint reconnaît que c'est avant tout un artiste. Là-dessus, nous sommes d'accord. Comme artiste, oui, Proust est original et, malgré quelques défauts, tout à fait séduisant ou même fascinant. Je donnerais toutes ses théories, qui ne sont que lieux communs ou paradoxes, pour des morceaux comme ceux de la sonate de Vinteuil ou du sommeil d'Albertine. L'analyse de M. Pierre-Quint, malgré quelques exagérations, n'en est pas moins constamment intéressante ; ses conclusions sont justes ; et la biographie qui remplit la première partie du volume est un modèle du genre. Tous ceux qui ont connu Proust admireront le portrait si exact et si vivant qu'en donne M. Pierre-Quint, et les curieux non encore initiés lui seront reconnaissants de leur fournir tout un trousseau de clefs...

Il y a aussi une longue étude sur Proust dans le *XXe siècle* de M. Benjamin Crémieux, autre critique averti et souvent pénétrant (je vous recommande, dans le même volume, son article sur M. Pierre Benoit). On pourrait lui faire les mêmes objections qu'à M. Pierre-Quint. Il est toujours ingénieux, mais souvent excessif et bien discutable. On pourra y revenir lorsque paraîtront les derniers volumes de Proust, qu'il qualifie de surimpressionniste. Pourquoi ce préfixe superlatif ? Au vrai, Proust me paraît comparable surtout aux Goncourt, et à peu près du même rang. Et c'est, je crois, assez coquet, bien qu'insuffisant pour « rejeter dans l'ombre tous les romans parus en France depuis un demi-siècle. »

M. André Germain, dans son volume *De Proust à Dada*, représente l'opinion contraire. Il fait toutes sortes de restrictions, où il y a du vrai, mais qu'il formule avec trop d'âpreté, et sans les corriger assez par l'éloge. Néanmoins tout l'ouvrage est fort piquant.

TABLE DES MATIÈRES

ACHEVÉ D'IMPRIMER
LE 7 JUILLET 1927
POUR
SIMON KRA
SUR LES PRESSES
DE
F. PAILLART A ABBEVILLE.

www.ingramcontent.com/pod-product-compliance
Ingram Content Group UK Ltd.
Pitfield, Milton Keynes, MK11 3LW, UK
UKHW020333180726
13839UKWH00002B/698

9 782329 614847